AQUARIUS

AQUARIUS

AQUARIUS

AQUARIUS

每個人心中都有一座島嶼，
藉文字呼息而靜謐，
Island，我們心靈的岸。

可是美麗的人（都）死掉了
郭正偉

【推薦總序】

新星圖，正要羅列

甘耀明（作家）

二十一世紀以來，以台灣現代文學為研究的論文增多了。在中小學，體制教本對本土作品的編列比例躍升，寒暑假又有各種文學營，作家能見度高。遑論從年頭到年底的數百個文學獎，醉心於此的人絕對口袋滿滿。這是本土文學輝煌年代，寫手與作家幸福的時刻？

事實並非如此。在某些文藝場合，作家與出版社編輯聚一起時，總會說出最殘酷、最不忍的例子。總歸一句，純文學市場不好搞，至於細節，各有苦水，各自發揮。這不是唱衰，對此劇變尤感深切的資深作家們，最能體會，隱地感嘆本土出版業越來越難走了，陳義芝直言「文學潰散」，愛亞感嘆她目前一本書的初版兩千冊賣不完。

這樣的訊息太多，也不知「黑暗期」有多長，絕非抱著哭一哭就天亮了。這主因大環境改變，影響了讀者閱讀習慣。在上個世紀的七、八〇年代，文學書市場和現在的出版爆炸比較，算是「鎖國」狀態，外國翻譯書不少，但本土書佔了地利，吃香的很多。而且，那時的讀者帶著「硬派」功夫，閱讀的耐受性強，對艱深、篇幅長的經典文學能花時間讀完。解嚴之後，台灣書市如潰堤般湧入外國文學，九〇年代的電腦普及更影響讀者習慣，輕閱讀的時代來了，有了「網路文學」。網路文學比大眾文學輕薄，易消化，專攻青少年市場。閱讀發展至此，讀者的選擇太多了，嘴也很挑，不甜的水果不買，不會因掛上MIT就放入菜籃（網誌上常有人表態，不讀本土文學，一概讀國外作品；亦有人告誡，讀本土作品容易踩到「地雷書」），甚至轉頭就走。

套句狄更生《雙城記》裡膾炙人口的開場白：「這是一個最好的時代，也是一個最壞的時代。」事實上，台灣的閱讀市場依舊，如果查閱實體或網路書店的排行榜，不少的文學書上榜，而且年度排行榜不離小說類。當然，這些上榜的書籍十之八九以翻譯文學為主，本土書籍的光環只照在少數的暢銷書作家，本土文學孤單得像是空燒議題或無奈的安慰劑。然而，早在農漁特產品仍躲在保護政策下時，台灣閱讀市場已國際化，本土作者面對世界各地的秀異作品，是拓展自我視野的契機。往好處想，環境已成定局，如何整備態度與作品質量，才是我們未來的道路。

文學黃金年代的列車駛離了，新世代寫手才來到月台，火車還會來嗎？火車當然會來。文學可以靠一群作家創造時代的思維與流變，但寫作是個人的，強者能創造自己的列車，而不是搭便車。新人姿態萬千，活動力強，得給三本書或三年的成長期，好打造自己的火車頭。因此，期許成了面對他們的方法。然而，新人在哪？這是令人頭疼的問題。如果有人查閱「新世代作家群」圖像，每幾年被提出討論，發現他們像電子分裂，不確定、不穩定，隨時消失，留下來的又有多少？新人版圖，像是鬆動星圖，一閃而逝的流星居多，如何繼續寫下去，發光發熱，成為入此行最大考驗。

觀察這世代的作家，有兩項徵候，值得思索。

一、文學獎的迷思：這年代，新世代寫手要出頭，幾乎從文學獎搶灘，他們的第一本書是文學獎集結。台灣的文學獎越來越多，以高額獎金吸引人，本是好意，卻有不少寫手陷入追逐文學「獎」遊戲；亦有人整理出文學獎得獎公式，開班授課。文學獎應該檢討？沒錯。卻也冒出更多同質性的文學獎來攪和。參賽老手該自我約束？還是別跟獎金過不去。朱天心在評審某文學獎後語重心長地要一些常勝軍收斂，自省「初衷心」（朱天心之言也在網路引發了誰是「職業評審」的言論）。不可否認，該鼓勵新人投文學獎，淬鍊文筆，更該提醒他們及早爬出醬缸文化，免得自溺。得文學獎，誰多誰少、誰得大獎，不代表出身名校，誰還再執迷得下去才是問題。新世代作家們更有活力改變文學，但是，通過文學獎傳統機制窄門，易向既定價值靠攏，作品難免拘謹，甚至長成固定模子的扁平美貌。要像成英姝、陳雪這樣大膽野性，不通過文學獎的難見到。

二、生活經驗扁平：台灣幅員小，城鄉差距更小，大家生活經驗差不多。新世代寫手的學歷以大學居多，不少是碩、博士（這也是不少老手得寄生文學獎的主因），這些人因就學或工作，生活圈最後以大都市為主，生活經驗容易貧血與貶值，寫作不再倚重經歷，從圖書、新聞與古狗（google）轉化而來，像是「坐在咖啡館的夢想家」。這種寫法沒錯，資深作家也是如此。然而，老作家有時代轉折的資產經歷，相較之下，新人只好拿筆拜古狗大神。新世代寫手群的經驗與思維類同，如何消化醞釀題材，需要視野。況且，世代如此，已是普遍性，無須責難，唯有強者能趁勢而起，創造風格，擺脫不痛不癢的內容。這是新人的最大考驗。

寶瓶出版社推出「六人行」，這六顆新星是彭心楺、徐嘉澤、郭正偉、吳柳蓓、神小風、朱宥勳。他們有的六年級，有的七年級，橫跨年齡層十餘年。這六本作品，主要是小說，無論取材與語言，潛藏一股能量。假以時日，他們有可能羅列在文學星群，後續發展，令人期待。

這幾年來，散文與小說在類別混血外，也走到專業主題的書寫，比如旅行散文、飲食散文、同志小說等，經由專業知識、分眾經歷的包裝書寫，將作品導入個人風格，彭心楺（一九七四—）的《嬰兒廢棄物》走這一脈路徑，她有十餘年的護士資歷，在醫院看盡生離死別，將故事編織成書。毫無疑問，《嬰兒廢棄物》對護理工作的描摹詳盡、鉅細靡遺，宛如護理指南，對讀者來說這成為閱讀的另一種興味。

《嬰兒廢棄物》的節奏，採緩調的女音進行曲，嬰屍、難產、醫療疏失、藥物濫用、器官移植、植物人，每個題材背後傳遞的驚嚇指數，像是艾倫坡的驚悚小說，一再挑戰感官，緊繃閱讀神經。比如〈嬰兒廢棄物〉中的護士竊取嬰屍，帶「它」逃離醫院，卻發現無處可逃。比如〈人體產房〉中在雪地中難產的護士，荒謬的由牙醫以牙醫器材接生。比如〈忘了停頓的病房〉中一場錯誤又殘酷的貧戶截肢。或者，〈緩慢行進中的屍體〉運送大體回家。彭心楺的「護理小說」以寫實主義的筆法經營，文章結尾又接近「自然主義」，以中立旁觀的態度處理角色，甚至戛然而止，無須太多交代，總有股冷酷、無奈與寒涼的人生況味，更接近醫院前線的醫療景觀。這樣的風格在新人中具有識別度，也讓彭心楺成功跨出第一步。

徐嘉澤（一九七七—）在新人行列中，敢拚敢寫，出道至今，出書的質量均豐，小說散文皆行，書寫範圍涵蓋同志情慾、都市文化、家庭親情、童年懷鄉，是題材與類型通殺的人，後續發展看漲。《不熄燈的房》是精采的短篇小說集，徐嘉澤將以往駕馭小說的功夫與融會題材之法，再次鏗鏘出擊，技法不青澀。「鰥寡孤獨廢疾者」向來是作家最關注的人物。徐嘉澤不吝暴露企圖，以「廢疾書寫」的美學貫穿此書，融入自閉症、癌症、聽障、視障等題材，角色不外乎心靈版圖殘缺、肢體障礙到癌魔腐蝕，甚至被邊緣化的畸零人。

正因如此，《不熄燈的房》的書寫策略並不是戲劇性的廢疾驟降，而是人在殘疾之後的處世態度，如何融入家庭、人群或愛情的掙扎，沒有大幅度劇情，以心境轉折為主，向內的、定靜的、凝視生命態度的方式進行。這種「文火式」書寫，迥異於大火熱油快炒，沒有難倒徐嘉澤，反而成功展現火候。另外，廢疾書寫也正扣緊近幾年來流行的「敘事治療」風，將創傷外化，寫作者獲得新力量。在《不熄燈的房》中，〈三人餐桌〉、〈咧嘴〉、〈不熄燈的房〉在題材與手法上互為翻版，從口腔癌手術後下頦廢缺，到狗嘴遭鞭炮炸開後的顏殘，充滿情感的不忍與淡淡哀愁，透出徐嘉澤的書寫意念。然而，廢疾者逆境圖存，人是渺小，卻被現實逼得偉大，歷經掙扎與磨難，能否到達幸福的彼岸？書以《不熄燈的房》為名，隱藏了親情的觀照與微燈守護，這是最好的寓意。

小說承載議題的容積率較大，作者能在裡頭暴露個人隱私，無須在現實面善後。當然，這不足以說明新世代為何以小說為秀場，主因是讀者取向。我就聽過這樣說法，某出版人將散文集看作票房毒藥，現代詩尤烈。寶瓶出版社這次推出的六位新人中，唯獨郭正偉（一九七八—）以散文走秀，彷彿是硬派招式的拳腳功夫場子，他打緩慢的太極氣功。

郭正偉右臉「先天性顏面神經末梢麻痺」，從小自卑，學會定靜內觀。作為都市漫遊者的觀察身分，《可是美麗的人（都）死掉了》寫他自小的挫敗經驗，到入社會心境，主題有網路、吉他音樂、疾病、同志情慾與男體冒險。郭正偉作為社會性格的文藝青年，理想尚未成灰燼，也不知道下一場盛燃的柴薪在哪，文中瀰漫不確定感。《可是美麗的人（都）死掉了》是真誠的生活紀錄，動人之處在此，郭正偉大量暴露自身的「醜」與「怪」。以醜為美，以美為醜，是這世紀的審美標準，那種老是自陳情感、身體或道德完美的散文（尤其是高度讀者取向的），顯得刻意，也不真實。沒人是完整，殘病才是常態。誠懇（甚至大膽）呈現疾殘、情慾流動、膽怯害怕，成了另一種美學。《可是美麗的人（都）死掉了》走的就是這派路數，可貴的是，郭正偉不渲染自己，也不污化自己，更無須宗教式懺悔，有幾分，就說幾分，使得此書的出版更顯珍貴，有意義。

這幾年來，在電影、文學與社會文化議題上，常討論外籍配偶在台灣生活的面向。這些東南亞新移民，經過社會幾年來認同，不再被標籤化，不再是電桿上張貼的買賣廣告，她們是「新台灣之子」的母親。當然，或許是我們塗抹問題而已，這些外籍配偶的困境仍被壓抑在社會底層，吳柳蓓（一九七八—）便將這類怪現狀擺放在《移動的裙襬》。書中處處可見，青春豐美的外傭與外配，填補了「婆娑之洋、美麗之島」男性們的慾望缺口，成了機械子宮、活體充氣娃娃、人蛇集團賣淫的搖錢樹、殘缺男子的傭人。

然而，令人訝異的是，《移動的裙襬》並沒有因為處理相關議題而沉重，成了這類的主題書寫中，最生動有趣的小說。多虧吳柳蓓的語言活潑有特色、節奏明快，很會說故事，這是闖蕩江湖的最棒輕功了，令人羨慕的才女。《移動的裙襬》有幾篇幽默生動，不拖泥帶水，讀來大快人心，在台灣文壇，這種寫法向來甚少由女性出招，引人矚目，如〈吃李嬤的豆腐〉、〈印姬花嫁〉、〈魔法羊蹄甲〉、〈菲常女〉、〈傻瓜基金會〉等，讓沉痛的社會議題有了輕盈浮力，風格幽默、俏皮，卻不輕浮，甚至看得出來，外籍與外配的生命力強悍，不再是弱勢，穿透台灣法律與道德的鐵牆，經過多年的歷練與轉變，她們從羞澀新娘，成了掌權的老娘，蔚為奇觀。

好了，「七年級」的神小風（一九八四—）上場了。《少女核》以重量級的少女漫畫之姿降臨，給人另類的閱讀感。神小風向來以長篇小說出招，有意跳脫台灣文學獎以短篇小說為科舉競技，同時展演她對同世代文化的細膩觀察。《少女核》印證新世代的次文化，上網打怪、留連網路、手機重症，對流行文化高度敏感，卻對現實的世界焦慮徬徨，無法與父母應對，只能以謊言敷衍。這令人想起東洋味的「蘿莉泰」。「蘿莉泰」原本從納博可夫的名著《蘿莉泰》（Lolita）而來，是十二歲少女之名，經過日文流行文化浸潤，成了某種特定少女族群的代名詞。這群少女面貌青澀、裝扮可愛、衣著如漫畫的少女，甚至指拒絕跨越到成年者。日本味「蘿莉泰」成了青春期無限延伸者的代名詞，《少女核》就有幾分這種「不願長大成人」的味道。

《少女核》開始，張舒婷與張舒涵這對姐妹逃家後，敘事不斷插敘，將記憶拉回更年少時，這種拖著青春期尾巴不願割捨的「蘿莉泰」姐妹，在原生家庭是敵對關係，沉溺於網路聊天室，最後受引誘而離家。其中，張舒婷的愛情隨之而來，性愛也輕浮，屬於強烈肉慾的。至於妹妹張舒涵，則是精神的，內觀的人生。姐妹互為表裡，性格互補，也互相凌遲，這種設計目的，小說最後揭露的謎底像是電影《鬥陣俱樂部》的女聲翻版，一人分飾兩角。《少女核》虛虛實實，暗喻指涉，看得出神小風不甘將此流於故事表層，使得《少女核》內在結構多了些有趣的翻轉與意義，有待讀者深究。

「六人行」最後的壓隊人物，是二十出頭的朱宥勳（一九八八—）。他出道早，高中時以〈晚安，兒子〉拿下台積電文學獎首獎，卻因為該篇曾在網誌發表，違反徵文規定，資格遭取消。此案例成了文學獎投稿禁忌的活教材。事後，朱宥勳哂然以對，筆耕不輟，終於在四年後的今天交出處女作《誤遞》，算是扳回一城。《誤遞》依取材可歸納成兩類：愛情與親情。這樣的分法，頗符合朱宥勳自己對此書下的註腳：「有的時候他會悲傷，有時候不知道怎麼面對情人，更多時候和家人隔著冰峽遙遙相望。」愛情與親情是他目前生活焦點。也誠如他所言，《誤遞》有股淡淡哀愁，偶來的「悲傷」，或一瞬間不尋常的傷感。

親情與愛情常常是新人下筆之處，難免出現老梗，但是朱宥勳寫來不落俗套。愛情類的〈倒數零點四三二秒〉、〈白蟻〉、〈煙火〉等，朱宥勳用棒球運動、人類學作為寓意象徵，明陳生命的虛無，藉此形塑愛情觀。在親情類的〈壁痂〉、〈末班〉、〈墨色格子〉等，也用類似技法，手法巧妙。這反映了朱宥勳在寫作之途，越來越懂得現代主義文學的功夫，這與他在高中時期寫的樸實風格的〈竹雞〉，截然不同。現代主義文學在台灣是重要的脈絡，成就不少作家，如白先勇、張大春、駱以軍等人。朱宥勳的這種風格，隱約有了接承姿態，再加上《誤遞》彌漫老靈魂的陳述味道，使他在新世代中闢出一條自己發聲的獨特風格，特別顯眼。

以上這六位文學新人，一起出陣，隊伍壯觀，星光懾人。我想，給新人肯定之餘，也給寶瓶出版社更多掌聲。在今日多數出版社視新人出版為寒冬顧忌的年代，寶瓶出版社讓新人擁有麥克風與舞台，是多麼溫暖之事。

目錄

Chapter3　可是美麗的人死掉了

路上我讓你帶走什麼？

給你：

失去是反覆被訓練馴服的無感作用
曾經分享過地標
圈成迷途之徑迴繞

路上我讓你帶走什麼？
那朵花裡指頭的意義
老式奶茶棕色花季
天空不藍

盡端紅燈聽不了一首歌的孤寂
寫篇微風
鑲以落日等候車站的鐘
晚的巷街
斜張電影
我與你在陌生房間寫
溫柔洗髮的夢
不應該在後來不熟悉的我的感想裡走失你
怎麼仍舊只給你
說好擦掉
那麼重來

失去是反覆被馴服訓練的懦弱作用
與你無關的這之後
我還是遊蕩在海市蜃樓不安虛弱
唱什麼歌
等誰轉頭

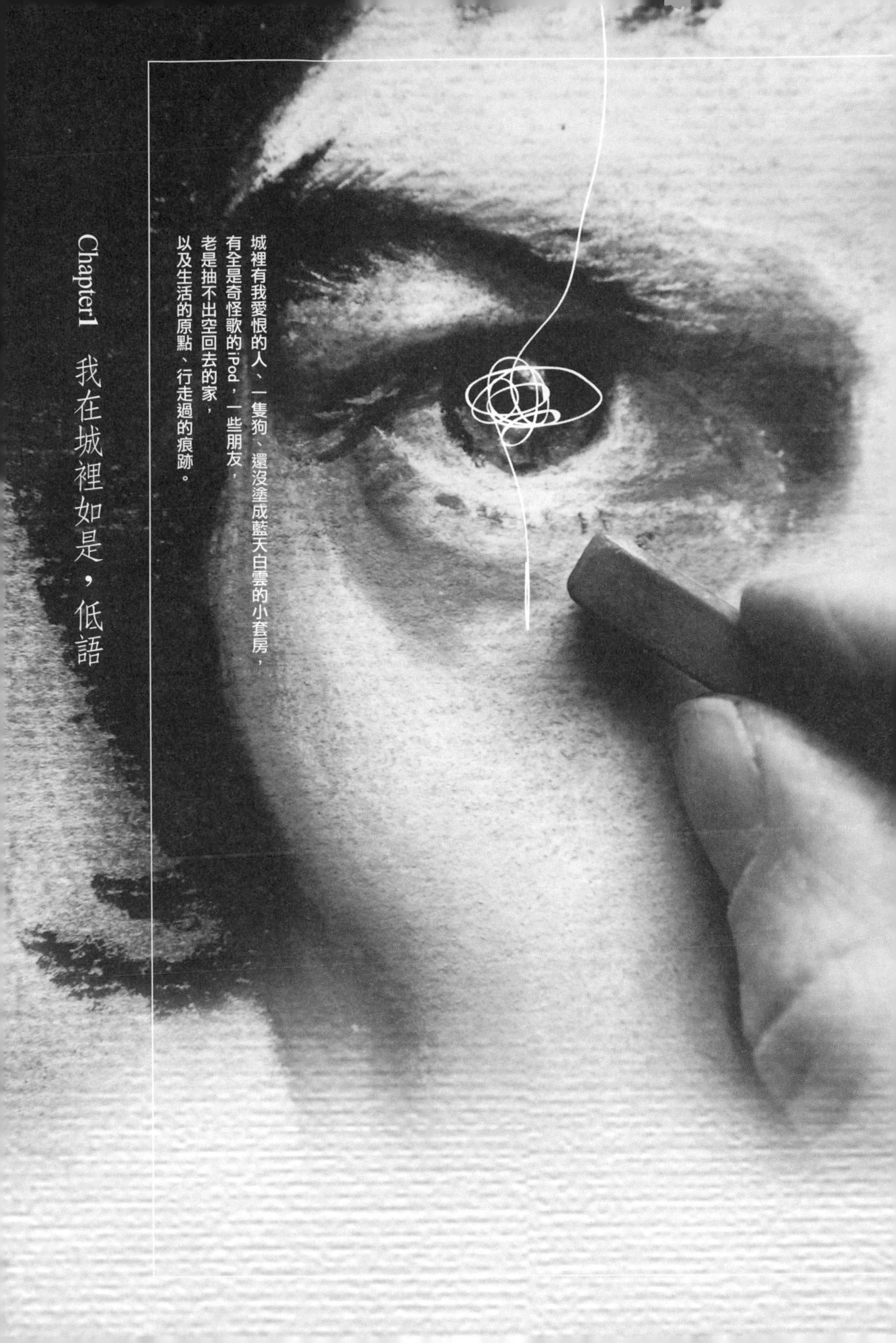

Chapter1 我在城裡如是，低語

城裡有我愛恨的人、一隻狗、還沒塗成藍天白雲的小套房，
有全是奇怪歌的iPod，一些朋友，
老是抽不出空回去的家，
以及生活的原點、行走過的痕跡。

秋彼岸

菩提薩埵。依般若波羅蜜多故。
心無罣礙。無罣礙故。無有恐怖。
遠離顛倒夢想。究竟涅槃。

——《摩訶般若波羅蜜多心經》

親愛的K，你知道我是從來沒興趣讀佛經的。為你，自己於是開始試著了解這些經文，才發現佛是如何開示的。

那次你問，「般若波羅蜜多」是否便是所謂極樂世界。我當然不懂你試圖於當下向我表達的猶疑不安，一直到現在。雖然這些日子以來，我已養成於擁擠生活中一遇空隙便持咒《心經》的習慣，究竟仍是不懂經文這些美麗字句，能夠帶我們去的地方。

露台鐵架上寄住的那隻灰色斑鳩還在。新學期開始，換成阿傑搬來與我們一起分租。公寓依舊繁雜髒亂，裡頭的生活當然還是你也度過、了解，那幅兵荒馬亂的景況：客廳桌上的麻將隨時皆處在備戰狀態（別忘了還有那幾副你贏過好幾把的撲克牌）；夜裡璋仔依然會強迫我們準時收看「大陸尋奇」重播跟永遠有下集待續的「超級賽亞人」；還是不會有人摺棉被、臭鞋隨處亂塞、「世紀帝國」總在夜半連線作戰震天價響。

屋裡一切如舊。因此，如果我說，雖然你不在，我們卻仍是一如往常地過活，你有什麼感覺？

親愛的K，我好像常常在夜裡想到你。想到你，我便細細唸起《心經》上頭每一枚深邃的字彙。熄燈的小房間，有時會有清涼月光水一般隨輕風自窗外緩緩流瀉進來。斑鳩睡了，縮著頭像橢圓毛球，平靜無思，而我正專心思考經文注釋，彷彿隔空與你對話。於唇舌間纏繞的奧妙，既複雜了，也簡單了我將思考、關心的一切。

般若，智慧。波羅蜜多，彼岸。五蘊，色受想行識。舍利子，智慧第一。阿耨多羅三藐三菩提，無上的正真正覺。

你很驚訝怎麼會有鳥與我住在同個房間裡。我們一起看鳥那次好像是你又再度失戀的緣故，我沒有特別為此擔心，畢竟你一學期所加入的聯誼次數，大約已遠超過我大學四年的額度。我拉著憂傷的你進房裡一起坐著，安靜看鳥。黎明將醒那股寒涼疲憊我還記得。你起先不懂狀況，直到毛線球般的鳥輕微震動，初陽那道淡黃色的光剛好劃過天際，牠抬頭搖晃站起身，迷茫未醒走幾步也許還打了呵欠，隨即穿出鐵架，拍動翅膀飛入城市高樓裡消失。隔著薄薄玻璃看見一點兒也不熟悉的新室友的神祕活動，對此、對生活，隱約我們都有了複雜難言的奇異感觸。好像不是只有我們這群人為前途而努力賴活。

我發現自你離開後，我們竟然也都已不自覺被你的某些無聊癖好同化：星期一要叫pizza外賣；電視公休的星期三得唸點兒書；週末再忙都會聚在哪家店裡喝點兒小酒。還有，欣賞路上辣妹得先注意有沒有水晶指甲，因為你曾得意洋洋炫耀過，親熱時很容易被這東西給刮傷皮膚。

親愛的K，為什麼偏偏是我載了高燒嚴重、知覺昏沉的你騎長路到市區醫院掛急診呢？

我常覺得個性孤獨，鮮少與人溝通的自己擁有灰黯沉重的老靈魂。除了上、下課外什麼事也不做，也不交際，一個人默默待在宿舍玩電動上網讀書，卻覺得這一切安全美好。

是你來開口找我合住，單純竟只因為你偏執認為我是好人的關係。在同一個屋子裡生活，你總笑稱我是不用連線上網的「知識家」，冷靜為大夥兒解決各種疑難雜症，除壁癌修馬桶找漏水還有解決你的劈腿對象。我沒說，其實是你們的信賴，才讓一路以來習慣獨立照顧自己的能力派上用場。

你改變我很多，包括厚著臉皮去social、「把妹」，不過因為你總活蹦亂跳沒法兒暫停原地，所以無從得知這點感謝。可是，為什麼偏偏是我載你去醫院，參與這一切措手不及的開始與結束。

日子後來莫名其妙逝去飛快，絲毫沒有情感一樣。「我們一起去染頭髮吧。」你說。悄聲走進我房裡，彷彿一點兒重量也沒有，虛弱得即將消失。你怕化療以後也許就沒有頭髮可染了。

離開醫院返家，你大概也沒料到家裡等著的是另外三顆閃亮亮的光頭，讓我們有機會取笑起你硬漢的眼淚直流。

咽喉癌是什麼樣的病症呢？我在Google上一頁一頁又一頁仔細讀過每個字句，隔著電腦螢幕在黑暗房裡想把這些明明遙遠卻竟發生於身邊的悲傷看個一清二楚。露台斑鳩依舊每天清晨六點離家晚間六點回來，「七龍珠」總播不到結局，微積分我仍然算不出來……明明所處世界都仍是一樣的，你卻不在。

病情復發你只好又返回醫院。

「我們一起去吃牛排吧。」你說。怕手術後再也沒機會了。

依般若波羅蜜多故，依憑這到達智慧彼岸的真言。心無罣礙，心便無所罣念障礙。無罣礙故，心一旦沒有罣礙。無有恐怖，便也無所以恐怖。遠離顛倒夢想，能夠遠離雜亂無謂的假象幻覺。

想起替你稱誦佛經，是因為之前車禍住院，母親要求我有空便在病床上默唸《大悲咒》，保護自己也安慰於醫院裡徘徊不去的靈魂。我當然沒有乖乖聽話，還一直以為，青春無敵的些微受傷只是天經地義必要的一點兒試煉而已。當我發覺你也許真的離不開醫院了，親愛的K，那絕望哀愁的恐懼才正鋪天蓋地往我們而來。不要《大悲咒》，我無比懦弱，偏執害怕起這也許是默送你解脫離開的安詳梵音。

你身體插滿塑膠空管已經無法說話那時，我選擇為你持咒《心經》，我願意是你的聲音。其實我根本不了解這些佛經之間的差別，只是每當唸起「無有恐怖，遠離顛倒夢想」，便期盼自己當下所感受到無限寬大的安慰也同樣能夠解救你離開病痛苦難，有機會回復完整人生與我們一起繼續找尋生存智慧。我一個字、一個字地唸，為你解釋自己徹夜於網路上查來、消化過也許不完整卻真心誠意的字義。你得字字聽清楚，我要讓你的腦子細胞血液肌肉痛苦腐敗都停下活動聽個仔細，這將是唯一我能為你這個好朋友做的事。

病床上你寫字問我沒付房租的斑鳩還在不在，說待在慘白病房裡才發現那隻沒築巢的小鳥好自在，與我們平行生活，看起來好孤獨，實際上我們卻早把牠當成朋友關心。這不是很好的事嗎？能夠自在飛翔也擁有關愛、歸屬。

我好像已經隱約聽見你的身體與心靈被苦痛折磨得想宣告放棄的殘音。然後，你竟真的在秋天與我們告別。

即將秋分了，親愛的K。在日本，聽說秋分的前後三天彼岸花會鮮豔地於河岸邊盛開，他們稱這七日為「秋彼岸」，是祭祀神、鬼之日。以後，這日子也將成為我們想念、祭拜你的時間。

記得曼殊沙華的預言嗎？佛經裡極樂世界天降吉兆的四種美花之一。日本人認為彼岸花就是曼殊沙華。其實，吸引我的是另一則它被傳說為冥界之花的故事——彼岸花開時，花瓣似佛溫柔承接萬物的手掌，紅豔豔綻放於冥河邊，是亡魂墮入地獄又即將踏上世間輪迴的必經之途。凡走進此地，死者將因紅花最後一次憶起生前全部美好與痛苦，愛恨過的、滿意後悔的、缺憾完美的，瘋狂貪戀最後一回，而後往前踏上河彼岸投胎，成人，或其他。繼續無邊輪迴。

我其實很自私啊，親愛的K。明明為你持咒了這麼多回的經文，希望你解脫於「色受想行識」之擾到達「涅槃」；另一方面卻仍暗自盼望這冥界彼岸是真實存在，如此一來，你便有機會於那個誰也迷惘的空間裡再次完整記起我們這群朋友。無窮遠處的神祕彼岸變成我的無理寄託，讓你能與我們這群人再度體會相同體會——公寓邊留給你的停車位、客廳那張鐵椅、沒摺的棉被、馬桶底的泛黃漬垢、還沒找到愛人的斑鳩……所有不變動的刻意安定，也許都只是為了讓我們能在恍惚時親切錯覺以為你仍在，下一秒就將有pizza送上門，而你耍賴不肯付錢。

我懂你渴望自由自在，我們又能有多忍心要彼此恆常記得互相照料過的好與壞。可不可以是這樣？每唸過一回經文我便如此衷心企盼，可不可以是你行走過開滿曼殊沙華的美麗河岸，將人間我們這群朋友所相依相靠過親人般的美好再戀戀感受一回，與我們在無窮遠處繼續相交知解一次。接著頭也不回，狠狠把這一切都給徹底遺忘，了無缺憾地渡過河，那將是解脫彼岸而非生死輪迴。你會輕輕敲開菩薩所指引「般若」之門，到達極樂世界。可以嗎？

親愛的K，因為你我才學會珍惜感受這活著所有喜怒哀樂，「色聲香味觸法」的美好真實。你已上路，而我們這群人也都擁有各自路途將走。去吧，去吧，一起勇敢往前！等我們抱著馬桶將酒醉的痛苦、想念、憂傷、惆悵，眼淚鼻涕地吐完以後，一起都別回頭後悔，走向前頭去看，看彼岸到底將是何方，親愛的K。

揭諦揭諦，波羅揭諦，波羅僧揭諦，菩提薩婆訶；去吧去吧，到智慧彼岸，修行到達彼岸，願眾生圓滿早證菩提。

給失敗者的備忘錄

那，我們來聊天吧。

電視壞掉之後，我就懶得修理，或換一台新的。

將電腦當成電視使用以後，才發現，電腦可以替代的東西還真不少。例如說：看不到MTV台，YouTube上想聽誰唱歌就聽誰唱；沒有DVD放映機沒關係，可以直接上網抓檔案來看；作業報告寫不出幾個字，那就改信Google大神法力的無遠弗屆。其他更便利瑣碎的事當然不在話下，信上醜陋令人不安的字跡可以用E-mail替代、忘了繳電話費可以網路轉帳、選不定pizza口味就上網看照片、滿腔政治怒火可以直連總統府傾倒乾淨……除了睡覺以外，我幾乎每個小時都跟電腦連在一起，失去喜怒哀樂那樣的連結在一塊，特別是在我失業之後。特別是在別人給我冠上自由工作者這樣不知褒貶的頭銜之後。

我想提起一篇寓言。大學連當我三年微積分，害得我被擋修工程數學的那位教授說的。那天天氣很好，於是自己差一點就忘記上課地趕進教室裡，同學們的手機就在一切都那麼孤絕的情況下，接二連三地嗶嗶響起（其中當然也包括我自己的），由此便可得證，到底有多少人是同一家手機公司的門號，以致同時收到一樣的垃圾廣告訊息（說到這兒，我曾經很認真地覺得這個點，好像是寫推理劇情的好素材，不過礙於自己對偵探這職業的認識僅限於柯南跟金田一，也就暫時作罷）。教授停下他「一陣風吹下2乘3的次方，變成6的平方」深奧的幽默教學，對我們說起故事。

「從前有一個很懶的人。」見鬼了，寓言總是得這樣的開頭。

「他每天都坐在電腦前面，也不知道在幹什麼，就是東摸摸西摸摸，上網、打BBS聊天、看影片、玩網路遊戲……」底下的同學騷動起來，每個人都以為指稱的根本是自己，「一天二十四小時，除了睡覺吃飯以外都離不開電腦。」

「然後他就變成外星人了。」故事結束。

我知道教授說的那種外星人，就是身體沒怎麼在用瘦瘦小小一隻，頭很大，眼睛像是臉上唯一的器官，手指頭腫得彷彿是得了肢體末梢肥大症的外星人。我不是很懂手機響跟電腦之間的寓言關係，但對於自己能即時了解這故事背後，警告我們不要太依賴科技的教訓體會，一直得意洋洋，雖然我真的不懂，他幹嘛硬要連當我三年的微積分。

後來的這一年，從五月的離職後到現在的九月，每天大量地盯著電腦螢幕，我倒是真的有種自己就要變成外星人的感覺。

離職後，我便埋頭在寫故事這件事上。我當然幾乎是醒著的時候便在想這些情節，不過並不代表寫了很多下來，我只是想著，找不到開頭的字眼，或是延續故事的那些細節。每一個情節，每一個感想，每一個哏都獨立而瑣碎，更多時候，我根本不知所措，以為自己在寫什麼高尚的哲學思辨結論。

我只是想要寫一些五四三，無關緊要的，你愛我我上你的粉紅色小說啊，因為太認真對待，竟然就更難寫了。也對，如果寫一篇情色小品，卻得先考慮安全性行為，保險套該用哪一牌，潤滑劑正確使用方式什麼，任誰都很難寫到性高潮這一段吧。

我想到作家黃國峻的一些話，大致上是說，我們為了什麼理想作著美夢，得到的結果卻常常是夢遺。

我的失敗、無用感大概便是由此而來。什麼都沒寫出來，浪費時間，又不願意好好從事「市面上」那些工作的失敗感。使用PTT推文跟YouTube聽歌比我開Word的次數還多，就連看色情片的虛幻快感都比寫小說來得多而繁雜。可是我還是每天守在電腦前面，一直守著，好像等末日還是上帝顯神蹟一樣地守著，這又讓我想起另一個故事。

一個慣性詐欺朋友小錢小利的女人，在一次聚會裡很興奮地跟好友（？）說自己的母親收到消息，南投（還是台中？）山上測出有黃金礦產，那邊的朋友特地提出合作機會，邀她們一起入股，準備大肆開挖，發筆橫財晉升富貴。

「你覺得先買LV比較好，還是Dior？」她看著這一季的時尚雜誌認真困擾。

我想這女人的盲點大概是，竟然相信這年代還有挖金礦這件事；而我的盲點是，天啊，這世界上真的有「竟然相信這年代還有挖金礦這件事」的人。

颱風正好襲台的那天，我頂著風雨到女巫店聽陳綺貞唱歌。她發了一張新單曲《失敗者的飛翔》。那天夜裡，她用一把吉他，唱許多熟悉的歌。這些歌回到最初原本出生的狀態，在一切編曲、後製、唱片裝飾都還沒有想法的時候，最單純寫完一首歌，那首歌存在的想法與感情。

颱風天、暴雨、溼鞋、開花的傘、寒冷、天災，在一切都如此惶然不安，恐懼四伏的當下，她唱歌——〈越洋電話〉、〈讓我想一想〉、〈花的姿態〉、〈每天都是一種練習〉、〈下個星期去英國〉……剝離原本以為美麗的裝飾，這些歌卻絲毫沒有不安，安心地被坐在店裡的人們聽見。

這樣安全感的分享是一種信任，也是一種自信，回到純粹的，歌生而為歌的原點。

她說：「失敗者的天空，是成功者的飛翔。」

聽完表演，我便趕著國道巴士回高雄。一路上帶著不明就裡的感想，靠著玻璃，其實很想要哭一場，或大叫怒吼什麼的。

而我想起歌詞：「在你的聲音中安全得讓我害怕」。

人生是靠什麼來計算失敗與偉大的？

聽說阿湯哥一部電影賺幾億，凱莉米洛一場演唱會一億，阿扁錯了嗎有好多億，奧運得金牌回國有百萬，「林榮三文學獎」首獎五十萬，大學同學是三副每個月十萬，好友拉保險有五萬，老是時運不濟的璋仔去廟裡求元寶有兩百粒，打工最低工資是九十五塊，得文學獎當家教一小時叫價六百，補習班時薪八百塊錢，好友的姊姊在科技業賺了很久的一萬九終於升成兩萬三，沒日沒夜寫劇本開會隨call隨到出外景月薪兩萬五，錄取雜誌一字五塊，助養的非洲兒子他親生父親月收入不到三十塊美金。

基金三千塊，電費水費電話網路房屋管理費三千五，一張唱片四百元，支持國片兩百，好喝紅茶要價二十五元，速食店的小可樂搭配薯條共五十塊，素食臭臭鍋是八十塊，聽張懸演唱花四百五十元，平日統聯到台北三百八十，搞不懂的國民年金六百。

寫十萬個字沒有人要沒有錢、彈吉他沒有錢、幫助人沒有錢、當個好人沒有錢、憤世嫉俗沒有錢、覺得自己很厲害沒有錢、夢作得很大沒有錢、愛聽音樂沒有錢。

我每天坐在電腦前面，一個字也寫不出來，焦慮並困惑難安的，便是這些事。這些背後的意義，我寫作的故事，思考所想表達的意義，全都飄浮在自己幾坪不到的房間內。

失眠的早晨，我在「cheerego」上留言。

「親愛的陳老師　早上七點　剛好聽到〈不應該〉這首歌　瑣碎的事總是跟生活有關　大學同學賺大錢　好友去拜神求元寶　夥伴為了堅持能做設計去MUJI打工　我想寫東西埋頭寫東西以為會有什麼的寫東西　別人眼底那麼潦倒的寫東西　我只是想問老師　有一天我們都會看見後來是什麼樣子吧　就不用這麼焦慮　或許還理直氣壯也不一定　會嗎　會吧」

我只是想把這些話，寫在一個自己看得到願意信任的地方，為自己現在的失敗備忘。在自己老爸問我是不是沒錢啦，還說著政府最近有什麼貧戶補助，看我要不要把戶口遷出去，就可以申請。在我一邊彈鋼琴聽著，一邊倔強得想哭了起來的那個當下；在這個否定一切的當下，試圖讓自己離開原本的道路，不論往前或後看，把世界凝固下來，用自己的方式什麼都停下來的這一刻，什麼都沒有。

我想把這一切當作一個SIGN備忘起來，在我忘掉這些複雜深刻感受，變成手指肥大外星人的那個未來，還留有最初單純的，失敗生而為失敗，追求好夢的感想，作為聊天的話題。

而我們該聊些什麼，我其實還在想。

臉

第二次開刀前一天，死黨跟著黃昏一起來看我。雙人病房裡沒有室友，我們兩個人玩「瑪利歐賽車」玩得殺紅了眼，吵吵鬧鬧。看漫畫、打電動、互相無聊地叫囂，大概還吃了麥當勞薯條之類，彷彿來醫院遠足。

這讓我想起，第一次開刀那晚，自己硬是打電話給好朋友，指使她帶北京烤鴨來探望。我們坐在醫院底下的STARBUCKS喝咖啡一邊吃將起來。過分招搖，連牌子上警告「禁止病人進入」都沒放在眼裡。反正我還沒開刀，不算病人。

後來想想，我跟朋友們這些類似「沒神經」的個性，也許便是自己能一路不在乎別人眼光，自顧自活到現在的主要原因也不一定。

吃晚餐的店裡，放了一本唇顎裂基金會的刊物，我一邊讀著一些人的手術經驗，一邊想起我自己的。

五年級的小男生，要經歷好幾次植骨失敗，過年空盪的手術房只為他開啟；還沒有辦法治療小耳症的年代，女孩希望縮得跟自己的耳朵一般小小的；還在肚子裡五個月的唇顎裂孩子，生死大權握在祖父母的決定上。

手術好容易完成，也成長到青少年時期的男孩，在他的文章裡說起孟子的那些話，勞其筋骨空乏其身以成聖人的話，帶著很單純的勇氣。

年輕的時候我也以為，這些經驗過程好像存在著一種英雄式的壯烈、勇敢，漸漸長大才發現，這些在別人眼底比不上一張交通罰單的低微小事，很多時候根本不值得一提。

我所施行的兩次手術都沒有成功。我的病症稱做「右臉顏面神經末梢麻痺」，跟左臉比較起來，右臉相對的是沒有動作神經的，沒什麼表情，很「酷」的那種，以至於左右臉十分不平衡，幾乎是扭曲了。

我常常沒有勇氣，一點也不勇敢，也不想勇敢。閱讀這些小朋友寫的，義正辭嚴，充滿光明的字眼，自己只是忽然渴望喝杯黑咖啡清醒一下，以為忽略了什麼重要的句子，錯過神奇人生的魔法祕訣。

手術沒有成功，一切卻也沒變。既沒有更悲傷，也沒有變堅強，我開始懂一些事，一些好像很富有哲理的東西。於是，我又再聽了一些歌，比如說陳珊妮唱著「我從來不是幽默的女生不喜歡突然的一場雨」，或是王菲，她說，「相差大不過天地有何刺激？」

我其實也不知道該怎麼辦，帥氣跟死亡，到底誰會先來啊？但是下一次，我得先有自己的一台NDS，才能玩連線對戰。

請讓我帶你飛翔

我帶著新買的相機，在昏黃路燈下拍攝城裡的夜。小朋友一個人背書包經過我，鏡頭對望的瞬間，他十分敏感，默默低頭閃躲開來。

小朋友的側臉有一大片好紅的胎記，彷彿不小心潑灑而出混亂的油墨，在皮膚上血一般流動著。他與我擦肩而過縮回的憂傷眼神，包含恐懼與防衛，與我自己的是如此相像。於是我竟在路燈下，想起自己童年是如何孤獨地走路回家。

走呀走的。

同學因為我好笑的，顏面神經麻痺的臉，偷偷藏起我的便當，陽光熱烈的中午我穿越操場找自己的午餐；放學排路隊回家，幾個人輪流在自己背後吐口水；老師在課堂上說起壞人「嘴歪眼斜」，同學們熱熱鬧鬧嘲弄起我的名字……

一路走呀走的，好悲傷、好難過，卻好倔強的對誰也不肯輕易吐露地走著。後來，還沒等到長大，自己卻已經學會不哭了。

瞞著父母親在密醫那兒針灸，我細細數著臉上與頭上的針數，一根兩根，十根十五根，二十根三十根，超過施針的安全數。醫生捏起我的皮膚一根根地賜予痛苦、絕望。自己一聲也不吭地握拳忍耐著，我變成「養鬼吃人」裡那個鐵釘人怪胎，而嘲諷的是，現實人生裡，我也是他們嘴裡的怪胎。

走出陰暗診所，忽然光線自天空瘋狂地炸開來，再也無法控制堅強的我，默默蹲在路邊痛哭失聲，像對一整個世界脆弱撒嬌，終究誰也沒有回應。

後來，就再也不哭了。

我想過去陪那個小朋友走一段，想跟他說，那些親密的人說的安慰言語都是假的——「沒有人會注意你的臉」、「用功最重要」、「自信勝過一切」，都是假的。

我想對他說：親愛的，你將不斷地被嘲笑、打擊、挫折，甚至被打敗，你現在所感受到的自卑與哀傷，是一輩子的未來長路。而你得好好活著，抬起頭用明亮眼睛看這一切，與人交好、與人交惡；用失去裡的感慨、無奈、期待、灰心、絕望，去擁抱自己，記錄所有心得。

去了解，始終什麼事情也沒有發生，路途再蜿蜒曲折，仍會到達這一個目標，繼續，前往下一個目標。

我長大了，活著，書寫下的這一點點心得。如果可以，我想讓它是一雙翅膀，讓因為失去自身美好而灰心悲傷的你，能在抬頭看得到的藍天裡輕輕飛翔一段。

我也許失敗好多，可是已經學會勇敢地抬頭看著那些人的眼睛，長大也不盡是悲傷，因為我已經得到一些深深珍惜自己的朋友，知道怎麼開心地笑。

於是，我明白，親愛的，你將跟我一樣學會，停止悲傷地觀注自己，試著以如此哀矜的眼神，擁抱我們深刻愛著的一些人。

這一刻無以為繼

這一刻，既不是過去那一秒，也尚未到模糊以後的下一分鐘。

如果這一刻無以為繼，那麼，究竟得去什麼地方，好躲避起這移動的瞬間？得以緩慢了解，接下來，何以為繼。

習慣用胸膛與六塊腹肌交友的阿酷，那天，在我覺得自己好猥瑣、卑鄙的這陣子低潮，不經意說了一個故事。

阿酷第一次走進那間沒什麼人的三溫暖，付過錢，櫃檯人員叮嚀在裡頭活動要穿內褲。找到置物櫃脫光衣服，他穿著內褲到處晃蕩、觀察，帶點緊張，卻冷清得幾乎什麼人也沒遇見。

男人專屬的三溫暖；身體觸碰身體，專屬的三溫暖。可以穿透慾望也被慾望穿透的，溼氣與體液淋漓的地方。

只是無人的三溫暖極乾涸，好涼，他走進視聽室，昏暗中看見幾個人各自在躺椅上，百無聊賴地盯著牆面電視裡頭，就快要被搞到高潮，無聲卻猙獰興奮的，體育男孩。

精液終於像白色珍珠般噴射出來，落在皺眉男孩黝黑結實的腹部。

有人離開，有人跟著後頭。於是阿酷也離開，走進屋的深處，一間一間，有燈、無燈的休息室。有人跟著他，他刻意不回頭，在空房與空房間，放慢腳步。

終於他走進房間，那中年人也是。

「他的屁股都老了。」阿酷這麼說：「像隻青蛙一樣，好大的肚子。」

關上門，他們擁抱、撫摸。他彎身舔著對方的乳頭。阿酷連對方的樣子都看不清楚，就好想跟他做愛。

「你的皮膚很不好喔？」對方說。

輕輕推開阿酷，中年人端起阿酷的臉，就著好昏暗的光看著。阿酷躲開那男人的眼光；而那男人躲開了阿酷，轉身自房間離去。

故事到這裡倏忽停止，我才驚醒似將視線離開冰塊敲響的咖啡杯，抬頭猛地接住阿酷眼底漏出來的悲傷。

昏暗房間的那一刻，第一次走進三溫暖的阿酷對自己有了強烈的敗壞感，對存在無以為繼。不懂究竟在哪一個環節出了差錯，他甚至那麼謹慎地在踏進來之前，收集過好多資料的啊。

或者，其實自己便是那個完整的錯誤，正在發臭、腐爛卻不自知。

阿酷說那時候自己之所以踏進三溫暖，只是想要找到一個人緊緊擁抱，狠狠做愛，證明自己值得被寵愛，不應該落單寂寞而已。

二十六歲，仍是處男，從來不曾戀愛。

阿酷連眼淚都沒有掉，只是躲在那個沉默的房間裡，鎖起門，安靜地，聽著其他房裡微微海浪迴繞般的情慾，等「這一刻」經過自己。

後來，他當然健壯、迷人得，跟其他男同志一樣花枝招展慾望著，只是那個三溫暖的房間，竟然成為他偶爾遭遇挫敗，用來等待，以便能再繼續下去的祕密。

「一個地方，有人來人往的地方，人來人往卻都與你無關的地方。」阿酷提示我，「你就在那裡，看別人活下去，自己停著。」

我卻想起自己心中的那個天才畫家，Keith Haring。

大學有一陣孤獨日子，自己常在下了課的黃昏坐車自基隆往台北，在車站前，大亞百貨裡的誠品書店讀書。那時候，車站前的天橋還在，忠孝東路上水般流動的車潮，在就要昏暗的日光裡凝固，無法動彈。只剩煩躁的喇叭聲咒罵聲哨子聲，以及烏煙瘴氣的熱，費力漩動成一個渦。

我在天橋上，渦的中央。

走進誠品，我的位置是擺放畫冊書櫃底下鋪的那張地毯。拿起同一本書，Keith Haring那本，現在回想起來已經不記得書名的原文畫冊。裡頭是他的自傳與一些比較有知名度的創作。我一個字一個字閱讀、品味，不懂的，就起身去翻字典再回來，一張圖一張圖，好仔細地看，彷彿掃描進心裡一樣。

我停在這個地方，默默閱讀一本書，並不知道，也不在乎，別人正不斷地「下一刻」著。

直到書店打烊，我離開，坐車回基隆宿舍，明天再來。

那裡，大概就是阿酷所謂「停在這一刻」的地方吧。可惜如今台北車站天橋、大亞百貨都已拆除，後來我也再沒從別家分店找到那本書。而現在，我一邊無法停止抽菸，一邊想起阿酷說的這些事情，仍舊想不透三十一歲的自己，為何在這一刻感覺卑微得讓生活、工作、友誼、愛情，全都無以為繼。

也不懂，究竟要去什麼地方才能躲避起這移動的瞬間，直到了解這一切。

太陽

我記得那時候。

在那個時候，四季忽然沒有黑夜。二十四小時的白天，太陽一直懸在藍天之上，飄移的純白雲朵讓人想起白日夢的柔軟。沒有人擔心，也無須迷惑揣測，會有一天那熱情消逝，光芒毀滅。祂如此理所當然在永恆的位置上永恆地燃燒。永恆的晴天，連深黑的影子都被照耀得灰灰白白，隱隱約約。

這世界沒有黑暗的角落，時間失去意義，所有事物自有運行，有自己的開始，與適當的結束。

我忘記為什麼把吉他裝進袋裡，帶它出門。通勤電車上有一些人，正襟危坐的上班族、趕早自習的學生、剛交接班失去體力的人。抱著吉他我摘下耳機，閉上眼睛（那姿勢有點像瞌睡，可是我知道，自己清楚醒著，不論身體，或是心），仔細感受一整節車廂裡流動的聲響與氣味。

蛋餅在平底鍋上煎得微焦，跟醬油膏混在同一個透明塑膠袋中。咖啡，黑咖啡還留在唇齒之間，混合唾液的微酸。英文單字，eternity，E-TER-NI-TY，eternity。香水味，水果香精，蘋果味道的洗髮精。手機，流行歌曲，耳機關不住的音響窸窣難忍。牙膏的味道。鐵軌聲，喀啦喀啦，嘰——，車廂接軌的環受震動尖銳地響。

我已經失眠太久，久到忘記累積日子的正確數字，大概是從失去黑夜的那天開始，從這世界光明漂亮，潔淨無虞那天開始。我疲倦可是不睏，眼睛充血懼光，腦袋與身體恍惚無覺，感官卻因此變得格外敏銳，短暫移動、微弱色彩、淺薄呼吸，風吹過耳，只要一點點改變，一點點就如同千軍萬馬，奔騰在自己綳緊欲裂的脆弱神經上頭。我忘記自己為什麼抱著吉他出門，忘記為什麼全身骨頭痠痛難耐地坐上電車，忘記究竟要往哪兒去。

「砰！」一聲巨響，一枚炸彈引爆在我耳際，失措驚慌讓原本急切的腎上腺素再次釋放，攀得更高，我墜落回現實，身體顫抖失去力氣，睜開眼，覺得噁心想吐，收縮全身肌肉抗拒這種反動。

「對不起！對不起！」慌忙擠上電車的你，一腳用力踹上我放在地板的吉他，「有沒有怎麼樣？對不起。」

我抬頭看你，眼睛卻無法聚焦，明明距離如此靠近，我卻找不著你正確的位置，就只能沉默坐著，等身體原始反射，憤怒、激動，或是其他類似的相關情緒，原來我已經無法控制情緒與動作。

「你怎麼了？你還好吧？」你坐下，與我肩並肩排排坐，聲音在我耳邊嗡嗡叨絮。

我好像看見所有人表情，以及內心的想法，只是那一閃而過的起伏太過瞬間，跟上一刻一起消失，隱逸無蹤。我轉過頭，你柔軟線條的臉離得太近，只見到四方黑色膠框眼鏡後頭的眼睛，很淡很淡的茶色，背後什麼都沒有的眼睛，我似曾相識。

我轉過頭躲開你的臉，並沒有與什麼人交談的打算。自顧自將拉鍊拉開，從袋子裡拿出吉他，第一弦斷了，捲曲晃盪在光束刺穿的半空中。你好像說了什麼，可是我聽不清楚，也並不在意。撥了撥琴弦，音箱透出扭曲聲線，琴板好像凹了，也可能是多心，我開始調起音。

後來回想，才察覺，這是一個多麼奇怪的場景與動作，我與自己的吉他，在通勤電車上，相依為命彈奏，不過這都是很後來的現在了。

我仔細調整其他五條弦的旋鈕，旋鈕在光裡矖亮發出十字星的金色光芒，有人上車有人下車，一切都顯得無關緊要了，我發現吉他怎麼樣都調不回原來正確的聲調。

「還可以用嗎？怎麼樣？」你好像很驚慌，從頭到尾都是疑問句，不斷以問號向我攻擊。

我覺得有趣，吉他不是我的嗎？該擔心的人，不應該是我自己嗎？我想彈點什麼，彈首不需要第一弦的曲子。演奏才起，所有音符彷彿都跟長期失眠的自己一樣，飄飄搖搖散落在明亮光線裡，拋物線似地走調，音符不再屬於原本的琴格，四處奔跑，我笑了起來，頭痛欲裂，但仍舊笑。

你終於停止說話，不解地看著我，我感覺你的視線，轉過頭去竟猛然接住你的溫柔，那是晴天熾熱裡的一股涼意，不經由風吹或是波動，也不用觸碰，像，像一種籠罩，對，就是籠罩。鋪天蓋地向我而來。

我疑惑不解，「我認識你嗎？」

你大概以為我被嚇傻了，或正在玩什麼不能說的遊戲，歪著頭似笑非笑地看著我，「你還好吧？」

「我，我想抽菸。」我回答。

下一個停靠站你也跟在後頭一起下車。我坐在月台陳舊鐵椅上翻找吉他袋子裡的菸與打火機。調音器、pick、更多的pick、錢包、筆記本，怎麼樣都翻不著正確的東西，逐漸失去耐性卻無可奈何。

你在我身邊站了好一會兒，看我忙東忙西。

假如，那時候我問你，在你看見我的眼睛裡，我是什麼樣子，哪種姿態？是完好的還是壞掉的？你將怎麼回答？我從來也不曾見過自己的樣子，用自己的眼睛。

你將菸遞來給我，我拒絕你幫自己點菸，拒絕陌生人不明所以的親近。我自己點燃，狠狠吸上一口，陽光太過明亮持久，我懷疑長期吸菸的肺已經被照耀得乾淨空洞，前功盡棄。

我抬頭看你，光束從你背面穿透過來，你身上泛開一圈一圈的光暈，精彩閃爍失去顏色。

「你是吉他手嗎？」你又以問句開口。

我搖搖頭，吐出一口煙。閉上眼，看著你讓眼睛刺痛，可是我被覆蓋在你的影子裡面，覺得舒服，覺得放鬆。

「你好像很不喜歡說話？還是因為對我不爽？」說完，你自己笑了，像是講了什麼幽默的雙關笑話，可是我聽不懂，你的笑聲不存在任何尖銳的刺，我很喜歡，所以專心，所以聆聽。

「你要去上班嗎？」你再問。

我再搖頭。看不清楚你臉上的表情，我不懂你的心情，就如同你大概不懂，為什麼我一路沉默。我已經失眠很久，獨自而寂寞的失眠。我有一間四方形的套房，裡頭有衣櫃、電腦、吉他、書架、洗衣機、浴缸，以及一方雙人床。我一個人擁有這些。你明白獨自而寂寞的意義嗎？這代表所有書的摺頁是我做下的記號，洗衣機堆滿的是我脫下的衣物、內褲與襪子，我開的窗，我關上的窗簾，我自己一個人在床上留下春夢的痕跡。

與我有關的一切，與你，與這世界，竟全然地毫無任何瓜葛。

那我是什麼？

我再也不知道要怎麼與人溝通，如果我的存在對這一切都無關緊要。

「你不用上班嗎？」你好像看了錶。我才注意到，你穿了白色襯衫，打上窄版領帶，黑色公事包裡也許放了筆記型電腦，或今早準備會議報告的文件資料什麼的。平板單薄的身材在光裡，透明而平凡。平凡，不具漂亮的性攻擊力，卻相當美好的樣子。

你走到我面前蹲下來，仔細看著我，我也因此有機會，將你的臉看個清楚。原來你長得很好看。身為一個男人，我好像迷戀過很多其他男人的臉，男人的臉有剛毅的線條，青黑髭鬚一點點似淨未淨的不羈，會給人受攻擊的快意錯覺，這些值得迷戀的臉各有不同，卻全都擁有相同慾望的騷動刺激。讓人想要擁抱，想要身體，想要啃噬吞食。

可是迷戀是一種對自身沉溺的剝奪，與喜歡不同。喜歡讓我跟你有了自以為是親密的聯結，經由看不見的引力，而非做愛，但也許，是因為有了與你做愛的渴望，才產生引力也說不定。

你的鼻尖以及臉上，零星散落一些可愛的黑色小痣，圓滑光潔的臉不是那些相似的古銅色，它就僅是皮膚的顏色，很真實，在光裡頭應該有的無害顏色。

「我認識你嗎？」我不確定，這樣美好的臉，怎麼曾經熟悉。

換你搖搖頭。忽然你伸出手，輕輕拍了我的臉頰，手掌微冰，涼意隱隱留在皮膚上頭，我因失眠，在熱天裡焦躁緊繃的神經，緩緩放鬆下來。

「你嗑藥了嗎？怎麼恍恍惚惚的。」你微笑，嘴唇的弧線很優雅。

列車進站，拉起高分貝的停車聲響，我的神經又跟著眉頭一起繃上，頭昏目眩，揀不出合適的字句。我也許該跟你談點什麼，一般人聊天都討論什麼？天氣、陽光？還是關於已經好久沒有見過黑夜這件事。思考讓我痛苦，又進入更深的沉默。

你考慮了一會兒，站起身，背好自己的袋子，把吉他也背上，費力將我從不知所措的鐵椅上拉起，「跟我走吧？」

我不確定這是不是問句。

我們走出不知道是哪一站的火車站，你停在廣場上左右張望，選定好一條路，帶我往前走。

「你不用上班嗎？」我好容易擠出一點句子。

你抬頭看看天空，我跟著你抬頭，一片蔚藍，彷彿電影長鏡頭等待飛機穿過的無憂天空，每一天都幾乎相同的天空，「算了！今天就算了吧。」

穿越街道，枕木線的純白色，乾淨得像不小心落在地上的幾頁白紙。我們一直走一直走，緩慢而遙遠的行走。路上沒有行人沒有車輛，人都到哪兒去了呢？在辦公室一格一格的夾板裡？教室排列整齊的方桌前？在電車上、在屋子裡，還是在什麼重要（單調？）的事物前？

我們走了好久，既不覺得口渴也不饑餓，時間失去意義，也許只是幾分鐘，或是一小時、半天、三天、一個月，我緊緊跟在你身邊，一點兒也不費力，相同步伐，左腳右腳，有時候你會轉過頭微笑，說上一些無關緊要的話，數街上的停車格，蹲下來逗逗已經曬得半昏睡的小狗。

我失去喜怒哀樂，於是感受你的感受，放鬆，而後成為你的感受。

我們停在一棟古舊的大樓前，廊上的洗石子地板被踏成斑白的平地，外牆貼上的是年代很久遠，一小片一小片那種深棕色的磁磚。

招牌在不高的位置被陽光照耀，失去原本存在、指稱的作用，只剩下閃閃發光。我半睜著眼看，原來這是一家舊式旅店。舊式旅店以便宜價格收容回不了家的人，不想回家的人、懷抱祕密的人、慾望高漲的人、旅行的人、沒趕上車的人，以及期待暫時離開永晝的人。

狹仄房間裡頭沒有窗戶，雙人床的床單跟牆壁一樣，全是斑駁了的淺灰色，輕輕搖晃或震動，彷彿房裡就有什麼要剝落下來。我坐在床沿專注看著櫃上的熱水瓶，老式、失去豔紅色彩的那種水壺，無法插電加熱，好像無用，卻很迷人。你小心翼翼在角落挪出位置，放好我的吉他與你的公事包，扯下領帶，解開白色襯衫的幾顆鈕釦，脫了鞋，不懷好意地看著我笑。

「唷，我們來睡覺吧！」你任意放縱地伸展四肢，關上燈，砰一聲，便落到床上，「好累。早起真的很痛苦。」

我仍舊端坐在床沿沒有回應，你帶我離開太陽，踏進黑暗，失去光明使人徬徨，無從回應。太陽已經永恆地照耀了好久，不論我身在何處，光總會跟著自己。從天空、從玻璃窗、從門縫、從皮膚，進入世界，進入我的房間，進入身體，誰也不能拒絕。

現在，黑卻輕易以我不曾想過的方式，湧來身邊，淹沒一切。在永恆白日掌控之下，自己應該怎麼看待黑暗裡的脫走？溫和黑暗是海洋的潮流，無盡包覆，包覆無盡，好涼好涼，熱被驅離，尖銳感觸隨光的消逝退回遲鈍，虛弱成為自己所感知的一部分，不用再是硬撐抵抗，那副失眠的盾。

你起身擁抱我的身體，我竟然沒有抵抗親密的陌生，涼意是空氣裡迴繞的風，我遲疑的皮膚被滲透，任憑冰涼侵入脈搏，趕走了光，以及失眠。

我忽然好睏好睏，放鬆的肌肉與身體沒有任何力氣，緊靠你，睡了。

與你相依安眠。

我也許作了夢，夢裡終於記起黑夜的樣子，在還未到獨自而寂寞的永晝之前，我也曾有過華麗、滿足，溫柔照耀的黑夜。那時，你也曾經如此，像這一刻，專心與我相伴。我們說，那是戀愛。

落日之後黑夜來臨，你教我在星星底下彈吉他，用手指撥弄簡單和弦，唱一些說不出口，美好的愛情語言。月亮是極溫柔無傷的清水，洗過你的臉綻放開花，鼻尖與臉龐散落幾顆痣，瑕疵的美麗，我捨不得不看。

我放縱自己失去意志地哭，在寒涼裡消耗體內所有熱氣，感覺虛脫，感覺暢快，好用力好用力的哭。

我還是記起你了。

與他的臉不同，不是他。跟現在，這一刻，躺在身邊讓我緊靠，分享擁抱的他，不一樣。失眠讓我心甘情願誤（故意？）認了他，因為他跟你一樣，鼻尖上有痣，用一雙茶色眼睛溫柔看我。我讓他與自己相依安眠。

於是我也記起永晝起點那天，是自己失眠的第一天，也是你離開的那一天。太陽燦亮，從此之後再也不曾落下，我被迫永恆地失去黑夜，日復一日，縱然時間早就失去目的。

我睡了好久，無法跟黑夜的你告別，可是我懂，自己必須醒來，這黑夜是假的，這不過是一盞燈的明滅，遲早，陽光仍會照入這輕輕一碰便崩解傾毀的夢境。

再次失望之前我必須醒來。

打開燈，旅店的房間又變回斑駁的灰，一切搖搖欲墜。

你不見了，不，應該說，他不見了。那個跟你相似的人，像從來不曾存在，消失於旅店的房間，這次，連你留在我屋裡的吉他也一起被帶走。

跟你一樣，向我而來隨意便走。他媽的，全都是一個樣。

我躺回床上，緊緊閉上眼，仔細思考身體的虛空與現實的缺乏，可是我睡得太過飽滿，靈活易碎的感知消失無蹤，再也無法保護自己，懸浮於這個世界，假裝無關。哀傷攀附漫生，沿軀幹成長，抓牢我腐爛的身體，等著走出房間，日光一照耀，它們便要瞬間長大，肆無忌憚。

我竟然只剩哀傷而已，連僅有的吉他也被弄丟。

「砰！」耳邊又一聲巨響，這次也許真的是一枚解脫的炸彈。我睜開眼看末日，不急著移動逃跑。

「你醒啦？」他開門進來，我於是滿是疑惑坐起身。他仍是那個笑，白色襯衫未紮，看起來舒服自在。

他坐到身邊來，看我沒什麼反應，以為還沒睡醒。伸手再度拍拍我的臉頰，「唷，該醒啦。

「我幫你拿吉他去修了，晚一點可以去拿，找了好多家，累慘了我。」他起身從瓶子裡倒水喝，「餓了嗎？」

我想了想，點點頭，「嗯。」

「那我們去找東西吃吧。」我再度聽見他柔和笑聲，「天都黑了，也該吃晚餐了。」

他伸出左手，緊緊交握我的，走出旅店，步入溫柔永恆照耀的黑夜。

火宅燃燒的夏天

失眠前的最後一場夢是這樣的。

小男孩戴著橘黃色校帽，卡通圖案的書包因為沉重，兩條背帶微微壓陷進皮膚，汗滴淺淺滲出，亮閃閃的。透明水壺還裝著過半的清水，斜斜掛在身上搖搖晃晃。

放學午後的陽光正盛，他抬起頭盯著讓人發昏的藍天，世界是小學作業簿上四四方方的字格等待填滿，有一些難耐，也理所當然的愉快。發呆之際，猛地，小男孩被推了一把跌在地上，一群小朋友們氣燄正高在旁訕笑。

「吐他！吐他！」小朋友中，高頭大馬的頭頭兒站出來，吐了一口口水在他身上，結結實實的暴力聲響。

「你幹什麼呀？你！」小男孩沒怎麼害怕，只是回應得措手不及。

「誰教你長得這麼好笑。」

喧囂之後，那些人又退散去。

小男孩緩緩爬起來，恍惚佇立街邊，懷疑起這一切的真實。他站在炎熱狂燒的夏天，有一種逃不掉的恐懼，悄悄輕聲伺機燃燒他的人生。小男孩不哭，只是冷眼觀看自己陷入一座看似烈火熊熊的火宅，一個人。

千篇一律的噩夢，自我小學時期一直搬演到大學、退伍，長大成人出社會。從原本幾年、幾個月的週期，居然隨著年紀越長越見頻頻，每隔幾天，黑夜就會自發地協助我再重新溫習一遍這些曾經真實發生，無力抵抗的事件。

然後驚醒，再睡不下。

現實人生中早就成年的我，面對這些單純、枯燥，根本稱不上是驚悚的傷害情節，有什麼好害怕？可是自己只有十一歲啊，在那麼孤絕的夢的輪迴裡面逃不開。

決定搬回老家後，情況顯然更糟，我開始天天進入相同夢境。恐懼它緊握住刀，反覆在睡眠與清醒間鞦韆般來回搖動，鋒芒太利，一吋吋刨刮切割，緩慢挖掘開自己意志組裝保護成的外殼，彷彿就等著擺盪停止，準備拉扯出剝卻皮膚之後，汩著鮮紅色血水軟嫩蠕動肉的痛楚。

在靜默得所有的人都沉沉入睡，幾近時間停滯的屋子裡頭；在預知成真，自己就要瀕臨分崩頹壞之前，我終於再也無法入睡。

三十歲的自己，既失業，也失去了睡眠的能力。我困在四壁空盪，黯淡得連光都透不進的房間之中，像一隻被封印束縛在原地的鬼。

剛上國中的時候，父親在城郊買下這棟透天屋子。房屋與房屋之間隔出的寬大防火巷距離，是好幾畝農田相連的綠意，要騎上單車，穿過小徑，才遇得到借鹽買蔥談八卦的鄰居，敦親睦鄰。白天，我得花兩個小時轉三班客運，到城中心的國中上課，放學，再悠悠晃晃地獨自轉三班車回家。

一個人待在耳機之後自顧自隔絕開流轉不停的車陣，曾是整個世界裡最平靜無虞，唯一的安穩。錄音機咔啦咔啦的齒輪聲、封面印刷甜美偶像的盜版英文專輯、車上紅色墨綠深藍書包們交疊校服晃動的影子。從人車擁擠來去霓虹路面的熱鬧，一路前行，回到僅留下昏黃街燈映照，純色黑夜的農田。

在這片廣袤無際的田野邊，我學會安於一人的孤獨。

睡眠驀然消失已過幾天的夜，我靠在窗台，點燃菸，想起年少的一點心事，煙霧飄搖，夏夜被蒸騰得更悶熱了些。熄燈的屋子是一枚黑洞，沒有光。白日吸附過的所有炎熱、聲響、話語、記憶，此刻都在洞裡面流動徘徊，滿滿地，壓迫清醒無眠的人。

我捻熄菸頭走出房間，父母睡了。

舊式透天房屋是三層樓的設計，主臥室與其他房間都在三樓。我悄悄沿階梯而下，看見廚房靠在陽台邊，被曬進的月光染成淡淡鵝黃顏色，一層薄薄淺淺的灰。我的影子被溫柔安放在餐桌上，靜默得如同青春期每天固定的四人晚餐。

下班還得趕回家煮飯的母親，脾氣很大，跟著蔥薑蒜在熱氣裡窮攪和；父親偶爾上樓喃喃抱怨她太晚回家或是晚餐太遲，又下樓顧店；弟弟還在用功他的模範兒童獎，而我正偷偷摸摸在無光的田邊跟阿炯抽完一根菸，嚼著口香糖準備回家。

四個人沉默以對的相聚各懷心情，誰也不輕易開口，是牽一髮動全身，緊張兮兮的晚餐時光。

月光隱隱移動，餐桌上的影子朝左移了些，空出右邊的位置，等著什麼人並靠過來，像那時候。

「嘿。」公車剛剛離開，被車燈點亮的柏油馬路，立時恢復成街燈的暗黃。有人朝我這邊走來，兩個人的影子拉了很長。

我轉頭看，是個年紀看起來跟自己差不多的男生，「你是誰？」

「你不知道我嗎？我去過你家啊，你還看過我。」男孩瞪著眼，字句裡ㄓㄗㄣㄤ不分，不捲舌的固執。

我偏過頭想了想，沒有任何印象。

「這片田是我家的啊。」男孩指了指月光下剛萌芽的農田，「我爸還常到你家跟你爸泡茶。」

阿炯，是童伯伯的小孩。我繼續往回家的路走著，阿炯默默跟在身邊。

「唉，你的臉怎麼了？」他終於打破沉默。

聽見問題的時候，我頓了頓，許久沒被追問，反而不懂如何解釋了。清清喉嚨，假裝風輕雲淡的答案，「天生的。」

「右臉顏面神經末梢麻痺」，這是醫學名詞，用來形容自己的症狀。因為神經末梢麻痺的原因，我的右臉天生無法動作。不論說話，微笑、忿怒，都是對立兩半的臉。醫生揣測大概是脫離母體時，在產道延滯太久，以至於壓迫我原本良好的神經，殘缺得很明顯。「歪嘴」、「大小眼」，這些綽號很快地就跟著自己一起生活。

沒有人會真的開口詢問我關於這病症的緣由，他們只是暗暗好奇，盯看、揣測，然後選擇嘲笑、攻擊，或是同情、悲憐。小學數學課，老師拿著我剛剛好及格的考卷走來身邊，大聲地罵：「你長這樣，還不用功、聰明一點，你丟不丟臉！」

我沒有回家哭訴，只是那天以後，不再寫作業，不繳功課，每天被叫到講台上體罰，遭同學欺負。不過，無所謂。我已經把自己隔離起來，無所謂。

「唉，我們做朋友好不好啊？」

「為什麼？」

「因為我想找人一起抽菸。」

我點點頭。用一根菸，阿炯跟我做了朋友。

阿炯很會畫畫，課業繁重的教科書與考卷背面，繪滿他對生活的意見，煩躁不耐的讀書倦怠，以及青春期性慾高漲的裸露，用來抵抗整個高壓受制的國中生活。不過，比起長大當畫家，阿炯更想繼承童伯伯的農地，好好當一個農夫。

種植一畝田得用多少農藥；休耕時該種什麼養地；買什麼肥料回來，可以自己調配出更多的分量，阿炯早已經擁有一套專業的耕作計畫，只可惜童伯伯從來也沒有把自己小孩的聰明想法放在心上。

放學夜裡，我們肩並肩讓影子靠得很近，近得彷彿包覆在一雙翅膀裡，撐開，我們就能自由飛翔在黑夜滿佈的星座邊上，跨過各自的抑鬱。

忽然覺得渴，我離開餐桌，就著黑暗往一樓走。

一樓堆滿成箱成箱直達天花板的各式飲料，與菸酒公賣局的香菸跟酒。

父親是經營飲料批發的中盤商，健壯的他每天藏在一樓店面的紙箱巷弄裡來回穿梭，疊貨搬貨。閒暇時，父親就跟隔壁務農休息的童伯伯，以及對面農會的保全警衛們，在懶洋洋的涼風裡泡一壺茶，或是打開幾罐飲料，暢快談論政治、生意以及小孩。

我打開燈，仔細觀察這樣的擁擠風景。

拉下的鐵捲門被風吹得輕輕震動，車子剛剛駛過門口。四處是層層疊高的飲料紙箱，瓦楞紙的顏色滿溢出整間屋子，乾燥得讓人過敏的紙的氣味裡，隱隱約約混雜木頭的味道，溼潤帶著原生的潮腐。辦公桌上散落訂貨單、帳單、老花眼鏡、大悲咒，玻璃墊後是過期的父親節卡片、我的大學畢業照、養生剪報……

我看見年輕時的父親與母親，還有小學生模樣的我們兄弟，被陳舊泛黃地鑲在玻璃角落的一張相片裡。

有記憶以來，我幾乎很少與父親好好溝通（嚴格來說，我根本是封閉了自己，連家人也是）。

還沒搬家之前，父親的工作是修理大型電動遊樂器材。那個年代的電動遊樂場，是小朋友們必須敬而遠之的地方。老師、大人，連電視播映的標語都警告得戒慎恐懼，彷彿所有最壞的事，全部起頭於電動玩具——讓你爬牆蹺課、忤逆師長、打架偷竊，也許長大還殺人放火。

對於本身病症所產生焦慮難安，孤立保護的當下，更擔憂父親職業可能帶來的可憐卑劣，於是我開始排斥他，甚至不敢承認中午準時替我送來便當的男人，是自己的父親。

離開眾人的我，也同時任性地推開了父親。

後來父親開了店，我卻也進入叛逆時期。是自己的，或是誰的心理障礙，讓我們兩個人合力砌出一道牆，高不可攀，再也無法跨過。

父親常常在我身後反覆催眠般地叨絮，說我是正常的小孩，不應該自卑，不可以想太多，接著卻帶著我試過各式各樣莫名其妙的療法，電擊針灸吃藥推拿，像要使盡方法提醒，深怕我會遺忘，關於自己所處，無力逃離的火宅。

父親知道我對他的敵意嗎？

如果父親曾有感覺到這些，那我又是怎麼狠狠地踐踏了他在當下保護的關愛，像是他曾經無意間傷害到的我的心？

我頭痛欲裂無法細想，慢慢從一樓踱回房間，躺上床。手機螢幕彩光忽然亮起，我看著，習慣黑暗的瞳孔猛然縮細，視線模糊起來，是小安的來電。

後來，阿炯沒有當成農夫，而我的臉也依舊是原來的模樣。長大後的世界，好像什麼也沒有改變。阿炯在美商公司當起朝九晚五，不停加班的上班族；退伍後我便搬離老家，在城中心租了套房，一個人生活。改變的，是我們不再有時間一起喝酒、抽菸，不再熟悉彼此的生活。

找不到工作的我，乾脆與志趣相投，個性也類似的設計師好友小安，合作成立創意工作室。結合小安的圖像設計與我的文字創作，承接一些網頁、文案相關的工作。昏黃小房曾經壅塞溫暖日光。困頓的時候，夜才正長，我們將天真的夢想一一擺在鋪了便宜地毯的冰涼磁磚上頭，用透明描圖紙裝著，用沒有針的釘書機封好，用淺薄的自嘲映亮未來可能的黑暗。

只是，就在工作室已經幾近完善運作的當下，我卻逃了開。

這些作品都不需要文字，找不到定位，我只能袖手旁觀。看著夥伴設計徽章，看著夥伴設計網頁，看著夥伴設計傳單，看著夥伴設計貼紙……小安每天奔波忙碌，自己卻什麼也不能做。我漸漸可悲起自己曾天真以為，能夠用僅有、會的，寫字的能力，寫出一點點與世界相通的美好隱喻。

從白日夢醒來，才發現自己仍是無用得蠢。

「嘿。」電話接通，我回應。

「幹你娘！你現在是什麼意思？」憤怒自小安的語氣裡一次傾洩而出，「不接電話，不回來，不工作，你現在是什麼意思！」

「嘿，兄弟。」聽見小安的聲音，身心疲倦的我有種欲淚衝動，「我已經……我會不會死啊？」

我的聲線大概顫抖得太過厲害，小安沉默下來，他的呼吸彷彿透過電話線解碼轉譯組合後，吹拂到這頭我的皮膚上，一陣真實存在，安撫的風。

「我聽不懂你在說什麼，到底怎麼了？你在哪兒？我過去找你。」

「我現在在家裡，然後我已經失眠了快一個禮拜，久得累得好像一輩子……然後我發現自己在工作室裡真的一點兒用都沒有……一點點也沒有。我以為我有，然後發現，他媽的根本沒有，沒有……」

「怎麼會沒有咧？我覺得很多事情是我們……我們一起丟東西出來……然後討論出一個最美好的樣子啊！今天晚上，我去印刷廠看完名片，回家就開始弄我們的徽章，我覺得很多事情我們可以去想、去做……」

他想了一下，繼續說：「你應該想一些我們覺得重要的句子，或是我們想……推廣的想法，就像很多白痴小卡上面不是也都會有什麼感人句子嗎？我們不就是要找一些，生活中可能是很樸實的想法，我們就是要從這些小地方，從自己去改變這世界啊。」

「我只是覺得自己好像突然被剝掉某種能力，在我完全沒有發現的時候。等到知道了，卻真的已經不知道掉在哪裡了。」我小聲虛弱地解釋。

「這只是一時的，像是感冒鼻塞就失去味覺一樣，你要相信你會好起來這件事。」小安對我說，電話那頭如此堅定。

在我即將退伍之前，童伯伯把自家的田賣掉了。

因為城鄉改造的影響，人們接二連三搬進這個地方，土地價值忽然飆漲，建商們想盡辦法讓農人賤價拋售土地，透過關係將農田變更為建築用地。連鎖反應似地，廣闊田野一塊塊被取代成一幢幢冷血的，具有所謂現代設計美感的房屋。

童伯伯大概是最後一個賣掉土地的農夫。無法與進口農作產品競爭，種植的收入根本入不敷出，即便童伯伯還想要繼續耕作，四周林立的高樓鷹架，煙塵紛飛中就快讓陽光照不進這片土地，他能怎麼辦？

那一天，夕陽正來，在金黃稻穗滿佈，隨風飄搖的田的中央，童伯伯一個人癡癡凝望四方景象出神，遠遠地，我好像也看見了，生活的焦慮，火宅的殘忍。

農田都消失了，只剩下阿炯家的，等著此生最後一季的收成。

夜裡，我陪阿炯繞著田，跑了一圈，再一圈，又一圈。

「你要相信，你會好起來的。」那一次，我好像也曾經大口喘著氣，跟在心痛得要死掉的阿炯後頭，這麼高聲堅持過。

失眠讓我身心都陷在一種無能治癒，沉重的疲憊裡，全身痠痛，連肌膚都微微地發疼，覺得自己大概真的會死掉。

才恍然大悟，原來所有孤絕，都是我對自己執意的封閉。

如果此生我僅剩最後一次與父親、與朋友對談的機會，在來得及前，應該說些什麼？

這就是生命的本意嗎？我失去右臉、童伯伯賣掉家傳的農田、阿炯坐在辦公桌邊加班、工作室的白日夢無以為繼、父親隔在鴻溝的那一邊看我。

我們總必須於不完滿的缺陷、失去裡，一邊掙扎一邊前進，才能在經過後，學到好好生活，善待自己與他人的能力嗎？

「我發現，原來我很想喜歡我老爸，我也想要用力地跟你一起工作，真的。討厭的，大概是彆扭的我自己吧。」我對小安說：「可惜你不喝酒。我有一個很會喝酒的朋友叫阿炯，好久沒見，你們應該很合得來……」

好像曾經有那麼一天，在夏日就快要燒光一切的時候，國小剛放學，我坐在小貨車的助手座上打瞌睡，父親正在店家裡修理機械。工作告個段落後，我們在小吃攤上吃米粉湯。路邊屋簷的陰影下，一陣輕風穿過，徐徐吹涼整個夏天的酷熱，舒服直到現在。

我隱約記得，翻過身沉睡前，夢是這樣作的。

在失去什麼以前

記憶是這樣子的。

基隆總在下雨。毛毛雨、大雷雨、狂風暴雨……，溼答答的黃昏我戴起耳機，撐一把傘等待公車。沒什麼乘客的公車，逕自穿越灰白色，層疊的雲，載我到火車站轉車至台北。大四時，我開始在夜晚的南陽街裡補習英文。對自己來說，好像找點忙碌，就可以在即將畢業，感覺就要一無所有的生活裡頭，抓住什麼吊環，一路搖搖晃晃往前，不知所謂。

大學四年級，很難受的日子。

學期才剛開始，爸爸在高雄老家裡發現一些關於我「衣櫃」裡的東西，打電話來質疑，詢問是否該去看心理醫生。我既不辯駁也不承認，搖搖頭，在結束電話之後，不懂炸彈究竟將一切都毀滅了沒有。

我停止與所有人聯繫，家人、朋友、同學，孤立自己的生命，以便維持我們之間曾經緊靠，是非相對的個別價值。那孤獨是自己撐開一把傘；是空無一人的公車；是補習班裡所有陌生人振筆疾書；是自己失去什麼，來維護一切都擁有過的曾經。

大約期中考前後，爸爸才又撥來電話。告訴我，媽媽住院了。因為卵巢病變，在醫生建議下，手術拿掉整個子宮。爸爸淡淡地報告這些近況，說媽媽昨天剛拿掉子宮，一切都很順利，再三叮嚀我不需要趕回家。

接到電話的夜好冷好冷，剛自補習班下課，昏昏欲睡的火車車廂裡燈光蒼白，忽然，我已經不知道該往什麼地方去。感覺自己被一刀割開，緩緩地，細細地，深刻地被掀開皮膚、肌肉，絲毫沒有痛覺的痛苦，卻足以遺憾我青春裡所有可以活著的安慰。

我沒有回家。對於這件事，我一直懷著極大的罪惡感。

進入社會工作後，我搬出老家在不遠的市區一個人住。有時候回家探望；有時爸爸會刻意經過我的小公寓搬來一箱水；有時候媽媽會趁上班午休找我出來吃飯。

我們各自為自己找到適合相處的方法。

今年過年，我仍是一如往常，不孝地在老家裡當起大少爺。整天坐在電視前茶來伸手飯來張口。一見到媽媽「鬼鬼祟祟」在自己身邊晃來晃去，就知不妙，果然，擬好她的演講稿就開始動之以情的演說：抱怨起她過年前在家裡大掃除多麼累人；抱怨沒有一個幫手；抱怨我年紀一大把（？）還不快娶個人回家幫忙打掃。

我仍是自己假裝沒聽見的那個死樣子，說起橘子很甜，很好吃。

夜裡，她找我們兄弟倆一起去散步。我一邊拍照，一邊落後了他們的步伐，聽見她再度對老弟進行了相同演說。小孩子們在田野間放煙火，咻咻咻，彷彿隨時就要沖來身邊爆炸開花，媽媽與老弟聊著天，我仔細聆聽這一切聲音與無聲，覺得一切剛好，剛好美好。

在已經失去什麼之後，與尚未失去什麼以前，這中間，有我固執的爸爸、美麗的媽媽，以及追求男子漢風格的老弟，這一切剛好，剛好美好。

獨立紀事

「要加入我們嗎？」他們問，假如我是個吉他手。

我有一把便宜吉他，雖然綁上0.012英寸的粗弦，聲線仍舊薄薄扁扁的。G7的根音動不動就打弦，彈情歌不夠溫柔，悲傷時又太過銳利無情，固執得不肯乖乖聽話。

我不是吉他手，讀不太懂六線譜，刷chord不夠爽利，更不會保養吉他。可是它還是願意跟著我，細細彈奏一些解釋的歌。這把形影不離的吉他，是自街角邊快打烊的樂器行裡買來的。

看似在城裡迷路的我，紅燈下怔忪與黯夜一起，口袋裡剩十三塊錢，提款卡被提款機吃掉，連人生僅剩的一點點存款也遺失了。狼狽得只想融進夜裡，融進一團烏漆抹黑的什麼裡。

音樂吸引我走進店裡，裡頭好些人正聚在一塊兒練團。短髮鼓手的鼓打得老謀深算，弄得鍵盤手也得想點高深莫測的技法來一較高下，低調演奏的貝斯手帶著人文關懷的些許吶喊，熱熱鬧鬧，卻沒有吉他手。

這些人同聲沮喪地說，這世界找不到真正的吉他手了。

假如我是個吉他手，我要在台北車站作曲。
不停滯的空間裡，只有我帶著一把吉他坐在階梯上停留。
第一小節是關於火車移動人們搬遷的升記號，廣播中毫無表情的女聲指引上車下車，游牧人旅行者歸鄉客，他們都來到這裡。求生活越過海洋而來的外籍勞工，停在我身邊哼起一首想家童謠，類似母親曾在夜裡哄睡的輕柔。
長大怎麼會變得只剩不停流離失所，適者生存的辛苦而已？

G調和弦讓更多人聚過來，不同皮膚顏色，相隔的語言，只有音樂是熟悉的。他們停在這裡，為我跟吉他唱歌。

和而不同的單純曲調裡，各自懷抱美好期待，闡述將台北生活成家的過程。像一齣電影的背景，藍天下他們揮汗搭建工程，女人幫傭在病床邊守護衰敗的老人，無法溝通，受挫悲傷想家的時候，就唱起歌來。

我譜上一些不穩定的半音，與美無關，只是為著關於生命奮鬥的故事那麼動人，卻仍未安穩。

假如我是個吉他手，我要在女巫店寫詞。

因為表演緊張的緣故，我提起笨重的吉他木盒又多轉幾班公車，擁擠在尖鋒回家的人潮中，仔細面對、習慣這座城市混亂多樣，卻又精彩的呼吸。

旁邊站著的高中男生，耳機裡indie music太過大聲，他將耳機另一端分給左側女生，互視微笑牽起手來，閉上眼安靜聆聽，給人遺世獨立的安定。勇敢無畏的青春，在浮動、焦躁不安的車廂裡凝結成形，若有所思我感想起一些字句，填進前些天剛寫好的曲子中。

女巫店裡的聽眾安靜坐著，靠我很近，有些人認識，有些則否。幽微暗淡的空間我一邊接好自己的吉他，一邊分享公車裡頭的故事。

調好音，唱起第一首歌，詞裡的安全感把我們全都包圍起來。他們與我都是相同神情，如同車廂裡那對情侶，一路相依前行。

假如我是個吉他手，我要在天橋上練琴。

苦悶、無處可扎根的美夢，不斷反覆提醒我自己是個失敗者，因此離家來到台北。背對故鄉，背對諒解的父母，流浪而出，企圖找到能夠安放一首歌的築夢之地。

進城時，好心的指路人給過我一張地圖。

迷宮般喧囂的街道找不到出口，我睜睜看見經過身邊的人們，朝左朝右朝目的地而去，他們彷彿都已經解開地圖上的深邃語彙，留下自己的格格不入。

我盤起腿坐下，從木盒裡拿出吉他，對它說些親密的話，停止慌張，一起練習彈奏，圖上的密語。

假如我是個吉他手，我要在小巨蛋裡感動。

我要去看看那些吉他手如何帶著一路相陪奮鬥的吉他，站在燈光絢爛音響震天的舞台，毫無保留演出寫給這片土地的歌。

我們都已挫敗。

生活像雜亂無序又腐敗發臭，令人作嘔的垃圾場，逃也逃不掉。十六歲的原住民女孩裸露在暗巷裡招呼性慾高漲的男人；找不到家的老人們為兩只空瓶大打出手，髒手滿是皺褶流著鮮紅的血；受夠群眾暴力的溫柔男孩，拿刀捅進同學心窩，再沒人能叫他娘娘腔。

失業三年的他牽緊小孩推開窗戶一躍而下，試圖抓住最後飛翔解脫的感覺。

更多其他的人心灰意冷死了心，睜著眼絕望的活，什麼也不期待。

我要坐在第一排，回頭看見所有這些所謂生活失敗的人，讓燈照亮臉龐，被音樂擁抱。

肩並肩依靠的能量，會讓我們堅持住。

假如我是個吉他手，我要在THE WALL演出。

門票上面寫著我是個吉他手。平常在樂器行裡一起練團的同伴們都來幫忙，準備盡興演出一場。

遠來城裡打拚的外籍勞工、自異鄉回到家的遊子、車廂裡頭聽歌的小情侶、重新拾起生活能力的朋友們，也都來了。大夥兒陸續進場，隨手換了啤酒便乾杯喝起來，懶散自在或坐或站。

我的音樂讓他們暫時自世界裡脫出，看清楚每個人在城市裡用力生活的模樣，酒精或歌的關係，顯得害羞卻又安然自得。

手裡搖晃的螢光棒，像漆黑裡兀自明亮的星。

假如我是個吉他手，他們跟我說，無關讀譜，其實也不計較撥弦。從這座城市便能出發，用自以為是的態度，創作生活堅持獨立，就會是個真正的吉他手了。

我有一把形影不離的吉他，表面老是酒漬菸灰與刮痕，隨手便能彈出解釋這世界與我自己的和弦。它覺得我是個吉他手。我們說好要繼續練習，那搖滾生命的方式。

Chapter2 風景擦肩行過，他們

我模仿遇見的那個人，
在午後陽光自城市高樓曬下的光亮裡抬頭注視，
揣測他究竟看見什麼。
寫字的街，誰說了心得。

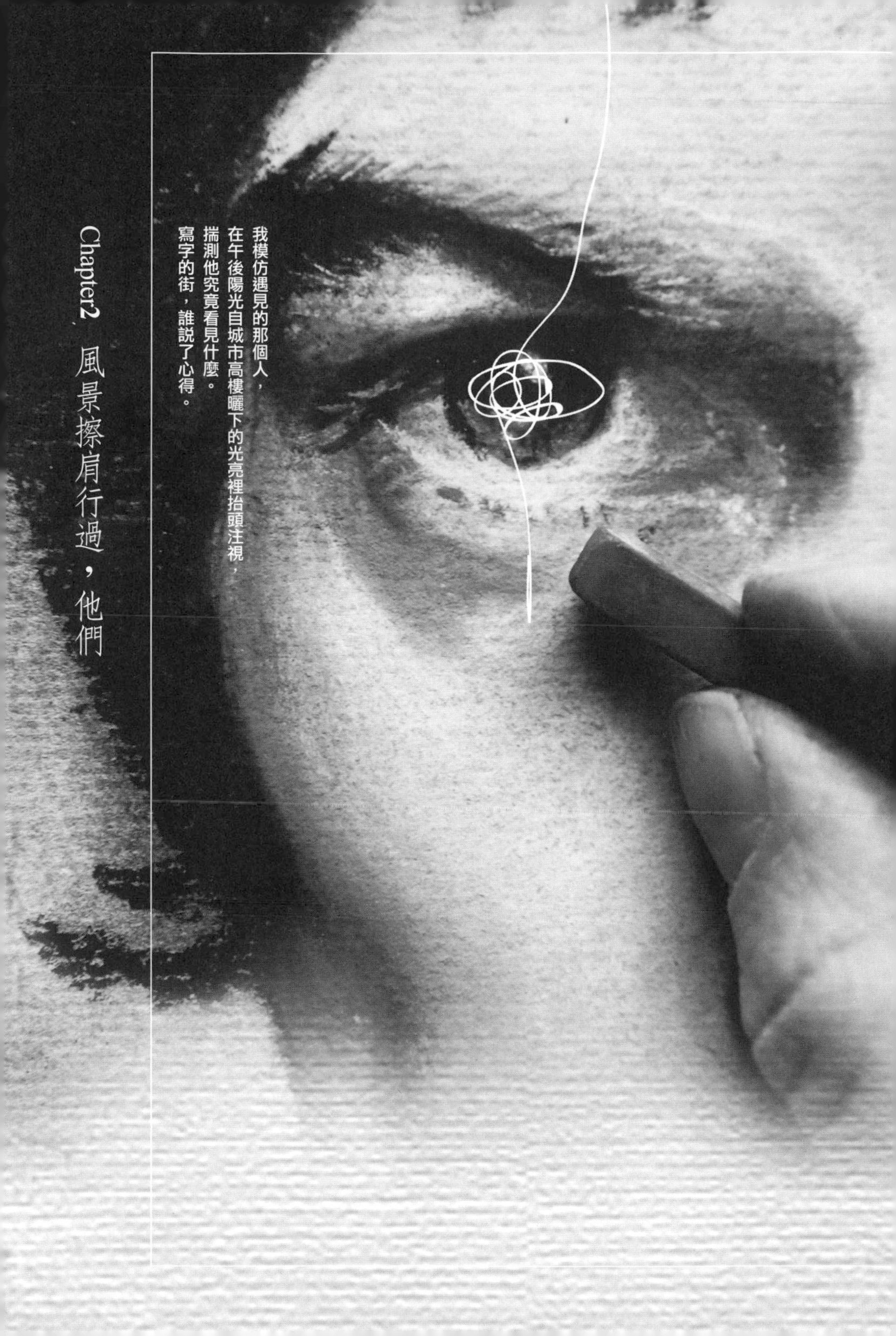

交換

想著把事件寫下來本身就已充滿許多企圖。

其中包括：必須用字精準，故事流暢優美；無論是否真實，都得要拉扯你的感受。你，讀者。一句話、一段字讓你悲、喜，坐立不安、蠢蠢欲動，急切讀完，尋求救贖，或者鄙視。

你沉默接受這些精心策劃的評估與隱喻，甚至有些認同。這些顯而易見的譬喻變得比故事重要，一碗麵並非一碗麵、情歌、叨絮、幾隻蠔都瑣碎交換故事發生時，原本那簡單的幾個字，思念、怒吼、憤恨、虛無。

如果寫字的人已經不在乎（或選擇遺棄）被取代事件原本的樣子，還有什麼更重要的？

我想跟你說說橋上男人的事，以交換維生的那個男人。

它當然已非事件最初面貌，它在我的生活裡被體驗、消化，發酵成真實感受。甚至在我開始寫下這些字的時候，仍不曉得究竟是一個什麼樣的故事。我幻想分享，卻任性地，不急切你從字面上了解，就像擁抱。我想擁抱你，不是交換我成為你身體靈魂的一部分，或是驕傲地融化你。

僅是一個擁抱。

男人幾乎二十四小時都佇立在橋的中央，以至於我每次經過都會瞧見他張望四周的樣子。我從來沒有看過有人與他交談或接觸，隱形得彷彿只有我自己知道男人的存在。

他的身材比一般男人矮小，衣著普通。平凡無奇的臉，直挺的蒜頭鼻、無神沒有目標的眼、兩道銳利的眉，年紀跟我差不多，三十歲，也可能更大點。

好像在我開始注意之前，男人就已經站在橋上了。

路橋坐落於市中心的運河上，人車往來不絕。特別是夜裡，橋的四周被裝置了五花八門幾乎擾人視覺的霓虹小燈，我不喜歡，卻極受城裡人的歡迎。他們在橋上散步，在燈光裡浪漫擁吻。他們遛狗、跑步、思考、憂鬱、發呆，沒有人注意運河——河的氣味，隱約反映的水波，或其他原本橋在河上所想表達的一切。

這當然沒有任何不妥，所有人都擁有自己的解釋、感覺，就像橋對於我說，只代表那個男人一樣。

兵荒馬亂，熱鬧川流的橋上，我卻獨看見這個男人。

為能完整寫下這些字句，我需要一個安靜的位置。所謂安靜並非環境的無聲，相反的，我需要聲音，很多的聲音。我戴起耳機，搖滾樂、香頌、纏綿的情歌，一首一首毫無喘息接替播放，以吵雜交換純粹安靜，讓靜謐從心底滲出來，流動於血液之中，隔絕成我。

這讓我更接近橋上的男人，晃動世界裡始終停佇的那個人。

是什麼驅使我前去與男人交談的？忽然想不起來。也許是迫切想尋找故事維持作家身分，那江郎才盡的抑鬱；或者僅是好奇他全年無休等待的終點。

當然，也可能真的只是如男人所神祕指稱，來自生命不可抗力的召喚。

我在橋上遛狗，跟其他人一樣。慣性失眠，焦慮毫無止境的夜裡，我會在熄燈後的橋上散步。任何細微的事，幾乎都能引起我的焦慮，彷彿與生俱來就是殘破不堪的人生與靈魂，滿是缺乏、缺陷與不足——擔心外貌、擔心情人變心，懷疑自我寫作能力、懷疑生存，被貧窮困擾，沒有自信。

我就這樣走過去與男人攀談。

秋夜很涼，河上起了薄薄的霧，街燈的黃被無限氤氳開來，跟舊照片上的斑黃類似。他與我的對話，也許被剪進某分某秒的長鏡頭中，變成一個永恆存在的鏡頭。

我問他為什麼總在橋上站著，等待嗎？

男人的笑容帶有惡作劇的驚悚感，我翻遍腦子裡所有的形容字眼，只能找到這兩個字解釋我當下的感應，驚悚。於是我明白了，如他所說，他正在等待像我這樣的人，正確來說，他正關注我。

我簡直受寵若驚。

被關注，城市的人早已經失去耐心關注；連自己正交往中的戀人，也許都不曾願意花一點點時間看見我。我們相愛、親吻、睡覺、做愛，可是他不關注我。

我送戀人搭車回家，一路送進月台，踏進車廂之後，他再也沒有回過頭。車門關閉、駛離，我一個人軟弱地在月台上，看這一切發生，愛啊、離別、憐惜，這些情緒困擾我綑綁我，我想摸摸他烏黑細柔的髮，證實愛的本質、愛的樣子，我懦弱地只想為愛他而存在。

我卻只能看著他的頭也不回。

這並非表示他不愛我，他只是跟其他人一樣，不花時間關注，了解我需要多一點時間處理對情感的徬徨，在每次見面之後，分離之前。

橋上的男人問我想交換什麼。

交換？像童話或《浮士德》裡，與惡魔立定契約，隱含詛咒墮落，卻也感受過願望實現美好的那種交換嗎？不，不是那樣的。他顯然覺得我很可笑，故事寫得太多，看得太多。以物易物的交換，有什麼好活該受到詛咒的。

他是一個生來交換的男人。男人的口條並不怎麼伶俐，甚至稱得上口齒不清，可是他擁有一種自信，隱晦而具攻擊性的自信，以各自獨立的語言、字詞，沉默的動作征服每個注視他的人，信仰他的故事，至少，我被他征服。

一切顯得詭異。遇見以交換感知維生的男人，任誰都會懷疑起神祕的可相信性。他卻不說服你，橋上的男人只說關於事實的部分，完整敘述，不另生枝節，也不斷章截取。

在起霧的橋，黑夜深處飽含沉默，河的氣味凝滯不動，曖昧混沌的冷引人清醒，感受到環境存在，知覺每樣事物都在動作，走路、呼吸、流動、旋轉、沉睡，如此異樣的浩大，使人懦弱使人謙卑，使人願意相信所有事情最簡單的來歷、發展，以及寓意，甚至，也許它並不具備那所謂的寓意。

我相信男人所說的每個字句，包括在語言背後，那些正確或不正確，我想給予的解讀。

沒有人認識橋上的男人，可是需要的時候，他們就會前來，像雷達般精準地找到男人。那些殘缺的，自覺生命有些太多，又有些太少的人總在最適當的時候找到他，交換多餘與不足。

男人以擁抱交換一個人不要的感知。只是一個擁抱，便換走了原本的人生。那樣的擁抱，究竟是什麼樣的溫度、觸覺，或呈現多美妙的詩意，抑是散發哪些魅惑光芒的邪惡？

曾經有個女人在陽光下，踩著豔紅色的高跟鞋來過。他記得女人捲曲長髮，輕風裡飄動高級洗髮精氣味的樣子。她太銳利，對這世界、對愛的情人、對自己，都銳利地在瞬時便能看清一切。聰明如她她總能在當下選到最好的方式，精準卻成為一種逼迫，過分完美而咄咄逼人，讓她離被愛越來越遠。

她交換，用銳利換到男人身上，跟其他男人一樣，那對情感的衝動目盲。終於她可以渙散地，毫無防衛地投身在情感最美好的狀態——迷濛。

橋上的男人像是被刻意複製出來的產品，既男也女，沒有性別的，不斷收留交換而來被丟棄的感知，在適當的時機，又再次交換給新的，需要的人。

這樣建立在別人存在的存在，究竟是一種虛無，還是切確，堅定的相依呢？

我無法確定，想換到什麼，或該換走什麼樣的感知。

愛呢？愛可以被交換嗎？我問。

男人並不驚訝，對於我提出的問題，好像是所有前來找他的人，都將先詢問這惱人的問題。

他試著有條理地對我說明，可是男人所能用的字詞太過於破碎，思考紊亂。如同一種轉譯，為了理解，我僅能以猜測去填補字與字之間空白的部分，卻更顯明白，好像只是我與生俱來的知識被隨手從心底挖掘出來細讀，理解罷了。

一般生活的時候我被艱深的語意困擾，或者說，我時常被難解的溝通所糾纏。無論面對一般人、工作所接觸的對象、戀人，或是其他的人，我們在各自的立場上溝通，像隔一座透明的牆相互叫囂，誰也不讓，也沒有必要讓。表達成為一種戰爭，殺伐擄掠壓境攻擊，我被誰的理念洗腦，誰又被我某個不經意的念頭俘虜。

已經好長的一段時間，我停止與其他人溝通，停止作戰。輸不起也贏不了的閉鎖。後遺症是沒有熱情，全然地沒有熱情，甚至對於戀愛，或是寫作這樣貼近我自己心理運作的相處，也是冷淡的，可有可無的。

雖然身為說故事的人，我卻不想擁有意見。無論是黑還是白，對故事本身來說，它其來有自，我想看見它存在，就不該試圖令它誕生。於是我是一個遇到寫作瓶頸的人，既寫故事，卻又沒有編纂故事的熱情。

男人說沒有熱情其實也是一種熱情。愛的本質太過於龐大，包含所有我們已知的觀感，哀傷、不安、興奮、輕薄、性慾，以及更多尚未感受到的可能。這樣的本質不可能只存在於一個人之中，它是流通的，在人與人、人與世界、與花、與河流、與天氣的接觸裡，相互交雜存在。

他沒有辦法交換這麼虛幻的東西。

他靠我更近，口氣更像威脅，問我一定有想交換的。每個人來找他都絕非毫無緣故，是既定，不能擺脫的命運。我一定有急欲擺脫的感知，或是迫切想要的缺乏。

我想交換什麼？

也許我可以換走關於求生的焦慮，夜裡能夠好睡；換走對戀人的憐惜，以便更理直氣壯無懼地平等對待；換走敏感，不再被企圖書寫真實的幽靈糾纏。交換憤世嫉俗、交換同情、交換誠懇，交換所有我認為對的，卻是其他人覺得錯的。

換走對於我自己所存在的這個世界的不屑，或失落。

我想知道，是怎麼樣的一個擁抱可以讓生活過得更好，我想體會那種溫度、觸感，氣味。我想要交換。

我想知道，另外一種人生是什麼樣子。

我對男人說，我想換走對所有故事剛發生，尚未成形時，我對它們最原始直接的感受。交換男人身上，昏昧無知，專心等待什麼發生的透明。以便粗魯見解一切，寫出好看的故事。

我要成為理所當然的作家，做作故事弔詭的情節。

男人大聲嘲笑了我的心機，彷彿說，任何算計都只是自作聰明的困擾。

他攤開雙手，將我擁抱進懷裡。

我沒有辦法閉上眼睛仔細感覺。直睜眼，聞見男人耳後的薄荷味，短髭在我脖子上摩擦搔癢，我們好像變成同一個身體，安定自他血液流通過來，好舒服。無關空間與時間的變化，霧散了，天泛開淺淺的藍，我看見河上一段段波動的光，遠方車輛正在發動，世界要醒了。

可是我們是透明的，無可察覺的，不需要喜怒哀樂來滿足的。這將是最後一次，我關注到這些事件發展的情節。

男人在我耳邊說，用一種已達目的看你可憐的口氣告訴我交換的本意：每種感知都來自於那巨大的愛，可是相同的，愛也存在於所有感知之中——牽動世界、牽動戀人、牽動一隻狗一點字句一首歌。宇宙之所以成為宇宙，是因為星星，而不是黑。

我才頓時懂得自己所交換的，也是其他人所交換的。我們殘忍地交換掉對愛的迷惑，以及與其伴隨而來的所有。我們便不再完整，再也無法完整。終日只會記得自己所缺乏的。

而你呢？

在我以故事溝通的擁抱企圖裡，你懂了嗎？懂得自己被說服，無端被交換的究竟是什麼，縱使，我並沒有開口，向你索取。

只是我忽然想起，自己竟然不曾後悔，與男人所交換的。也許正因為這個完整世界其實殘酷。

THE SECRET KINGDOM

姊姊的小朋友搬過來與我一起住兩個禮拜。

那日天氣跟這幾天差不多，風起時雨便跟著一起落下來，城裡所有風景入眼總是緩慢僵硬。灰霧濛濛，彷彿就要日出的清晨，天卻始終沒亮。小Hank穿著鮮黃色的小飛俠雨衣，興高采烈往我方向奔來，一點點清晰的光在細細雨水裡漾開。光後頭，姊姊撐著蒼白的傘緩慢跟隨。

已經多久沒有見到表姊？半年？一年？我跟Hank打過招呼，看他帶著出門度假的心情，坐上我的摩托車。摘掉口罩，姊姊小聲囑咐自己兒子，轉頭看我，我這才看見她曾經好看的臉，被傘或其他什麼反映得如此蒼白，薄薄氣息，好像輕輕一揉她就將碎掉了。

「Hank麻煩你照顧。」「當然。我應該做的。走了。」Hank環抱我的腰，輪胎劃過水灘灑出水花，路口前我迴轉反向，姊姊仍在原地注視我們，我卻幾乎就要認不出她了。撐傘的姊姊，以及其他的物與人一起消失成那幕長鏡頭的背景，只剩一團模糊灰白。

雖然住在同一座城市裡，我們甚至一年見不上一面。

我三十歲，表姊三十七歲，Hank剛過十一歲生日。我們之間有什麼關聯，讓姊姊放心將自己的小孩寄託在我這兒？我已經一個人搬離家裡，在自己的小小套房，孤單、安然地居住了好長一段時間，從來也沒想過，雙人床除了分給自己的情人以外，如今會移出空間，讓一個小學生作伴。

正常作息的Hank是我黑暗生活的對照。在補習班教課的我，不能再安睡到溫暖中午才起床。起得比Hank早，催促他拖拖拉拉起床，一邊將昨夜買的巧克力牛奶加熱，吐司烤好，電磁爐上煎一顆微焦的荷包蛋滴過醬油，等Hank睡眼惺忪咀嚼下肚。檢查好好刷牙了沒、洗過臉了沒、穿校服還是運動服、零錢袋的錢夠不夠、讓他再默背一次我的手機號碼。早晨七點，載他出門，準時上學。

回籠覺睡過，備完課，然後載黃昏放學的Hank一起上班。在補習班櫃台邊清出小小空間讓他吃便當、寫作業、看書，跟其他安親的小朋友滿教室追逐。偶爾，兒童美語的老師帶他上課堂一起遊戲。晚上十點，載他回家，準備睡覺。

Hank總是活蹦亂跳，開開心心地，每天還未到家，車行間已經將學校裡發生大大小小的事，一字不漏報告過一遍。

除了賴床，有禮貌的Hank從來不給我惹麻煩。我不在身邊，他便安靜得如同不存在般做自己的事，甚至只是收集橡皮擦屑，揉成一顆鼻屎自娛。於是我隱隱明白，這小傢伙心裡有一條線，像一片屏障、一塊土地，或是一只箱子，他努力將什麼東西限制在裡頭，不令它們顯露。連自己也不敢低頭注視。

也許Hank跟我一樣，因為我自己也有一只類似的箱子，差別只在於長大的我懂得自己裡頭放了什麼。

姊姊呢？姊姊打開過那只箱子嗎？Hank究竟在裡面放了什麼？

姊姊打開過我的箱子——以一台摩托車，還有一位上帝——要我別恐懼裡頭的東西。

我記得那座小教堂，一排排長椅面對的盡端是巨大的十字架。安寧的禮拜過後，我跟著其他小朋友們在其中，捉迷藏時不忘端著飲料、餅乾奔跑。大人們耗費時間、體力，好容易將我們一個個抓進合唱團裡練詩歌，等耶誕節來臨上台表演。開開心心忘記自己根本不想早起做禮拜。

我跟家族裡的表哥、表弟們處得不是很好，除了被迫要在大人眼光裡一天到晚互相比較聰明、成績之外，自己也從來不擅長他們遊戲的各種球類，於是結結實實成為他們嘴裡嘲弄的「娘娘腔」。在我獨自沉默抵抗的童年裡，姊姊也許看見了也許沒有，可是在她信教不久後，每個週日，都準時來按電鈴，騎車載我一塊兒上教堂。

好久過後再回頭去看，彷彿是姊姊開了門邀我到她所在的王國遊戲。生活的一段重疊，我們安坐，她請我吃巧克力、喝大罐可口可樂，讓我能肆無忌憚地將快樂揮霍成陽光燦亮的藍天白雲。剪下一大片，鋪進漆黑箱裡。

在快樂裡收下一點點她讓我看見的勇敢。

當姊姊義無反顧信仰上帝時，忿怒的大姨決定將她趕出家門。母親為我轉述那時的慘烈狀況。不拜祖宗、不祭神誦經，是多麼大逆不道的罪惡？面對家族輿論，好面子的大姨生出信奉「邪門歪道」的女兒，她無法忍受。流著眼淚用皮帶在姊姊身上鞭笞。「多麼奇怪的景象」，那時我想，為什麼單純的信仰變成親人彼此眼中的邪惡？不都仍是同樣的人嗎？後來，大姨選擇視而不見；姊姊仍參與家族定時的祭拜儀式，只是不拿香。

每個星期天，姊姊來帶我前去拜訪上帝，即使我無法肯定是否已被察覺到憂傷的孤單，即使最終的現在我仍不是教徒，自己卻總知道有一道光，自我不斷往前移動的腳步後頭照映過來。巨大十字架下奔跑遊戲的小孩子唱詩歌，歌裡有光。

到我家沒幾天，Hank竟開始高燒感冒。跟學校請假後，醫院尚未開始看診，我撥電話詢問姊姊意見，大姨覺得我根本不懂照顧小孩，希望將Hank送回去。姊姊仍只是安慰我，以虛弱聲線交代一些日常瑣事，安撫過Hank，就結束通話。

Hank全身昏沉發痛，我把他摟進懷裡，他的頭輕輕枕靠著我的肩膀，拿出姊姊給的萬用膏緩緩塗抹他發燙的身體。眼淚莫名自Hank臉頰滑落。我微笑，因為懂得這樣軟弱的撒嬌，在身體或心靈最虛弱的時刻，誰說了溫柔的話，給了溫柔撫觸——最柔軟的部分被最柔軟地對待——於身心最萎敗難受之時，竟最愛這個世界。

因為他信任我。

我竟開始羨慕起Hank能夠這樣毫無防備地展現脆弱，後來我們長大了，就再也做不到了。

我長大，脫離家族隊伍，脫離父母親的視線，在全然一個人的孤獨裡懂得自己。懂得每個人的很多心事，無法靠溝通、言語，面對面來相互了解、體諒。我於是開始以寫作來維護自己「國王有驢耳朵」般的祕密，自己對自己誠實地書寫——不要與人比較夢想、不要以別人的成功放大自己的失敗、不要質疑自己所想戀愛對象的性別。

寫作成為我長大後的祕密箱子，不同的，這次，箱子裡是我一磚一瓦築起來的世界，我將自己放在裡頭生活，抵抗外面的喜怒哀樂。

某次分手的痛苦讓我寫了一篇文章刊登上報紙，被姊姊隨手讀見，她撥來電話，愉悅口氣稱讚我的書寫。那內容裡的人，以及自己往後戀愛的人，都不在她的關切裡，她只想知道我有沒有好好愛著，以及被愛著。

姊姊生下Hank不久後就因夫妻生活方式始終無法磨合而離婚，父親過世，她一個人帶著Hank與母親安靜生活。這些我原本不怎麼關切的家族話題，在Hank寄住我家之後，以另外一種方式被我回頭細細想起。

我仔細揣想姊姊願意讓自己照顧Hank的原因：因為我其實是每天工作不到三小時的半無業遊民，有的是時間看顧小孩？因為補習班裡一大堆安親小孩可以作伴？或是，上帝？因為我們曾經在上帝的地盤重疊過一段生活，因為我們都正經歷著無法言說，卻又感受龐大得無能為力的神祕風景？

夜裡只有電腦螢幕的光，寫作告一段落，我走近床邊，伸手探觸Hank的體溫，發現他正緊緊握拳，還醒著。已經一起生活好些天，我竟在當下才發覺原來這小傢伙害怕一個人黑夜的眠睏。姊姊將他送進這個房間，明明已經如此狹小了，我卻沒有一次哄他安眠過。「知道媽媽為什麼讓你來住我這兒嗎？」「嗯，因為媽媽要去醫院。」我很驚訝，原來Hank什麼都明白。

我打開了他的箱子。

一年前，姊姊因為結腸癌，做了手術、化療、電療……，出院後，親戚們全體動員，每天照三餐「刻意不經意地」經過問候、拜訪。偶爾，我與父母親也會過去詢問是否有什麼需要。姊姊生病竟然變成我自己離家後，與親人們最接近的時刻。以為姊姊逐漸痊癒恢復的身體，卻於前陣子再度復發，在醫生建議下，姊姊又一次入院。

入院之前，我們見了面，說著要拜託我幫她一些事。她不願意麻煩長輩們，想將Hank寄放在我這兒，在她入院的那幾天。我在補習班教作文，天天接觸小孩子的生活，

Hank待在我身邊應該會開心點兒，不用感染大人們的悲傷。

所以Hank其實全都知道，那麼他在我面前表現過的懂事、快樂，不提想念媽媽、不胡亂爭吵，是真的，或僅只是一種嚴重的封閉呢？

在我封閉於自己陰沉世界之時，姊姊用上帝的光將它照得好廣大，把藍天白雲帶進我的風景裡；現在，姊姊把Hank帶來給我，是不是希望我能有辦法自他一直還沒天亮的世界裡，趕快把太陽叫醒？

我忽然想去買一只風箏，等鋒面過後的藍天白雲，帶Hank到草原上去曬太陽。

癌細胞蔓延到肝與骨頭，姊姊穿上鐵衣，坐著輪椅出院。親戚們幾乎全員到齊，擠進大姨家的客廳，我將Hank送回家後便立即離開，刻意避掉那些故作希望的哀傷場面，我從來不是這樣的人。姊姊是不可能會痊癒了，只不過我們所有人都在極力避免提起這種想法。

我越來越不敢去探視那一家人，像每個殘酷鏡頭使人潛意識移開視線般的逃避。我不想這樣的悲傷。後來的日子，我仍舊一邊寫作一邊教書，自顧自在生活裡忙碌。母親撥電話關心時，有時會提起姊姊不好也不壞的治療狀態，誰也無法表達感受。

這幾天，忽然收到姊姊寄來的電子郵件，讀完當下我竟立刻就將它刪到垃圾桶裡去，試圖視而不見。姊姊請我幫她寫一篇文章——〈故人略歷〉，為她已經可預見，之後的追思禮拜。

我知道自己就要哭了，可是我不要為這些事悲傷，我不要悲傷，因為我有一整片漂亮的藍天白雲；這一次我想要相信上帝，「上帝愛世人，甚至將祂的獨生子賜給他們，叫一切信祂的，不至滅亡，反得永生。」（約三16）。

也許她會好起來，也不一定。

※讓我試著於存在與不存在的邊界，虛構一道真實的門——
謹寫給我最勇敢的，親愛的表姊（一九七二—二〇〇九）。

小城市

我所有的，都被自己的房間給吃掉了。

家教時，小流氓一改慣常懶懶散散的悠閒態度，在我面前低下頭，自顧自寫著作文，沒過幾個字竟紅了眼眶，眼淚啪答掉在稿紙上好大的聲響，淺綠色的格子被浸溼，一圈圈皺起來。隔著桌，我伸長手揉揉他的頭，低聲說沒關係，不曉得該如何安慰。進門前，才剛聽見他跟姊姊吵架。

「你怎麼連這一題也不會！」

「對！我就沒有妳聰明，我就是笨啦。」

剛就讀國中一年級的小流氓又考糟了。小流氓有個聰明老爸，古文、詩詞背得比國文老師還滾瓜爛熟。前陣子小流氓問起「三更燈火五更雞，正是男兒讀書時」，解釋同時才明白原來竟是流氓爸（笑）年輕時的座右銘（而且身體力行）。

「老師，我要請教你一下。」軍人退役的流氓爸，已經是個成功商人，口氣仍令人禁不住要立正的威嚴，「邦邦的腦袋沒問題吧？」

明明口氣嚴肅，問題卻莫名其妙，讓我有些哭笑不得。

空閒時，我常為小流氓解釋課本裡部分艱深難懂的文言文，其實他頗聰明，除了染上大部分學生都有的懶惰病，不想唸書，外加推託詞一大堆之外，善良、禮貌、可愛、活潑，應該算是我最喜歡的學生之一。

不上課，不用逼小流氓寫考卷、寫作文的時候，他的笑容就燦爛得跟煙火盛開似地，發自內心的快樂。搶過我的iPod找歌聽，一邊說隔壁班的誰「放風聲」要揍他的朋友，一邊質問把錢都花在看表演、演唱會的我怎麼養老。

小流氓低著頭掉眼淚，我遞過面紙，陪他一起坐在四方桌前。世界沒有因此猛烈震動，沒有暴雨驟臨或海嘯翻騰；相反的，小房間裡很安靜。天氣轉涼，寒風輕淺敲打窗上玻璃，向晚街道的昏黃仍舊一如往常，沒有新鮮事發生過的普通樣子。

可是有一個小孩子哭了，不該是一場慎重而憂傷的成長驚蟄嗎？

沒過一會兒，小流氓又回復「正常」懶散的模樣。

「坐好，你脊椎都要彎成一隻蝦了。」我裝出微怒，「我就是對你太好。」

「是呀。」這小子一副理所當然的樣子。

「那我要對你壞一點。」

「不要啦。」

冬夜，屋子懸著在城市十層樓高的半空中，搖晃，像處在就要剝離的葉片上。淺薄睡意是透明冰涼的霜，一振動便破裂成細碎玻璃，化成水，好大一灘，浸溼我的被單，我的背。我試著瑟縮成一枚繭，努力弓著背縮起腳咬緊牙，卻仍禁不住全身顫抖。在房間裡倔強記憶所有曾經美好的事物，卻阻塞成黑暗裡的消化不良，如同現在痛得快令自己窒息的腸胃炎。

抽水馬桶慣常的百年漏水聲於此刻變成引人恐懼、無法回頭的沙漏，嘩啦啦，嘩啦啦，毫不留情把自己真心收藏的什麼，一件件一件件，嘩啦啦地流掉，流光。發炎的胃裡已經沒有東西再吐——酸水、痛苦、哀嚎、眼淚，還有什麼？

青春鼓手與我一起坐深夜最後一班捷運回家。iPod播著大提琴家David Darling在海端，霧鹿部落錄製的專輯，《Mihumisa（n）g祝福你》。從青春鼓手故鄉來的音樂。我們靠很近，分享同一副耳機，偏過頭，看不出他眼睛裡的神色。

我們曾是大學重考班裡的戰友。

補習班裡來了好多東部少年，父母為了孩子的升學資源，忍心讓少年獨自搭上火車，一個人迢迢長路來到高雄暫住、重考。那時候，我正專注體驗寂寞的孤獨：父母覺得自己的小孩一無是處；同儕、好朋友都已升上大學，剩我一個人在曾經熱鬧的城市裡繼續，繼續什麼呢？其實早就無所謂了吧。

從青春鼓手笑著對自己說第一聲招呼開始，轉眼，我們竟已邁開長長步伐跨越過十年有餘的生活過程，像是「大富翁」遊戲裡擲下的那幾顆骰子，一步兩步，奔跑起來，跳躍，便從幽黯補習班打蠟過的大理石地板，落到現在光潔照人車廂中。青春鼓手為我解說耳機裡正播放「報戰功」，是布農族人於結婚時，檢驗新郎是否夠勇敢、夠資格迎娶新娘回家的會議過程，說著，臉上仍是我十八歲認識他時的開心笑容。

「你英文好像很好？」男孩站在我桌前，手上是剛剛發下成績的考卷，紅通通的，「可以問你嗎？」

我抬頭看他，好黑好高的男孩，憨傻笑容拉起的弧線像人們無聊時畫在桌椅上的開心笑臉。點點頭，我接過他的考卷，以及美好的善意。

熟稔之後，他說：「我一直很想跟你認識。你老是一個人，不在這裡也不在那裡的樣子。」

接下一部布農族紀錄片的企劃工作，收集資料之餘，才驀然想起男孩。想起出社會後我們竟就斷了聯繫。只是剛撥通電話，那頭他竟一點兒也不生疏地，興高采烈邀我上台北看他的樂團演出。

現在，男孩是一位鼓手，擁有一個樂團，一起奮鬥，堅持屬於自己的音樂夢。

捷運劃過金屬車軌，好些人在明亮空白的車廂裡頭昏睡，黑暗邊緣速度諧和流轉，剛剛演出的快樂鼓聲仍在我腦子裡頭乒乓，明明身在三十歲，身在台北，在深夜，自己卻錯覺以為還是年少一起作伴搭上的那輛公車，車過隧道，下一秒，藍天中滿溢的陽光就會瘋狂湧進窗來燙人，我們開開心心地趁停課下午，去趕那場剛上映，關於世界末日的電影。

行過筆直大路，我抱怨早上起床又被父親責罵不用功讀書的鳥事；他說起母親開的早餐店就位於家鄉火車站斜對面，拜訪時一定要請我嚐嚐那好吃的手工蛋餅。

我想起上一次抱著馬桶哭泣的模樣。跟A分手了，自己當下並沒有哭，雖然我們曾經躲在溫暖被子裡如此貪婪彼此地做愛，如此依賴信靠地甜蜜生活，坦誠說話。

「有一天我們分手了，你怎麼辦？」

我還是要繼續過生活，如同寂寞、沒有你的以往罷了。

「會記得我嗎？」

我不想記得，有關分手戀人的任何事情，我不能。我好像很老很老了，老得開始明白所有感情能珍惜的溫柔，以及該放棄的痛苦。

「不哭嗎？」

自己已經好久好久沒掉過眼淚——因為長相醜陋被惡整過的童年，因為自卑恐懼被排擠過的青春，因為只有一個人獨自承受的這些那些，之後，就不再為什麼事哭泣了。不應該哭的才對，怎麼卻在分手好久過後，無意發現A有新對象的那次失眠，對著馬桶失措無助的嘔吐裡，哭得那麼淒慘呢？

Marius邀我一起參加大陸古琴名家難得在台灣舉辦的雅集。

有陣子，自己對《世說新語》裡竹林七賢吟詩彈琴的人生有些偏執著迷。每當讀起神人般嵇康於臨刑前要來一張古琴，為三千太學生，為刑場周圍所有善意或嫉妒的人們，最後一次彈奏〈廣陵散〉，從此絕矣，絕望哀愁的壯烈，便禁不住引我想像起古琴撥動，在歷代變幻的長流裡，不斷盪漾的聲響。我想親身去聽古琴的聲音，想懂得更多關於它的故事。

一次偶然機會下，朋友引薦自己認識Marius，這位早已小有名氣的青年古琴家。我也等不及熟稔，竟三天兩頭便厚著臉皮上Marius的小公寓裡聽他彈奏古琴，解說它三千多年的歷史。兩個人的迷你雅集。

古琴的琴製自成世界。圓滑的天，平坦土地，綿延高山上清泉湧出，於天地間流動。龍池、鳳沼，是陰與陽的協調；頸、肩、腰、尾，是百代過客的人們。彈琴者以身體懷抱，指尖撫動琴弦，泛音、按音、散音，聽見真實世界原來如是說話。

陽台外下起短暫的雷陣雨，Marius將綁了絲弦的仲尼式古琴架上琴薦，一邊解釋過陣子，天氣再冷些，琴聲會更好聽。然後開始專注彈奏。因為靠得好近，我將音樂聲、雷雨聲，以及Marius輕柔的哼唱全都仔細聆聽得好清楚。

雨夜裡的〈陽關三疊〉，原來古人是以這樣的方式了解生老病死，相愛、別離，懂得一個人活在這世界上的道理。

我總會想起首次聽Marius彈琴那夜，天地低聲說話的模樣，彷彿自己偷偷自變幻不定的人世裡，剪下了一段空間祕密收藏起來，雖然，其實還不懂琴音裡的任何道理。

這廣大的城市其實很小，所有我認識與不認識人都不住在裡頭，父母、朋友，以孤獨為邊界的圍牆，僅有自己過活、受傷、想不開，就要瘋狂的，一個人哭泣。像這一刻，自己獨力對抗瀕死的腸胃炎。

世界與我有何相干？我不要明白生存的道理，不想軟弱、痛苦，煎熬地活著。不要一個人寂寞地哭。

天轉眼亮了。冷調模糊的光如刀一般切開窗的透明玻璃，曬著我卻沒有溫度，我背對光，看見屋內龐大難纏的黑漸漸縮小，緩緩移動，越縮越小，縮進我握緊掌心的胸口，變成自己黑色的影子，仍在顫抖。

腸胃炎就要讓我昏厥。

涼夜有風。徐徐緩緩地吹，沒有心事的那種速度。

Lu過來陪我一起遛狗。我們常常莫名其妙在一些看似很重要，卻又無頭蒼蠅瑣事一般的生活雜務裡團團轉，只能偶爾的電話、簡訊、MSN問候，連一起看場電影的時間都沒有。

今夜，我們奢侈地，在喝完一瓶紅酒後，花費漫長時間散步。

Lu是流浪狗收養與照顧的業餘專家。她那一個人住的透天小樓裡塞了七隻狗，大夥兒在一樓跑來晃去活像個動物園，隻隻有個性。小黑本來是Lu家附近新出現的流浪狗，鄰居阿婆狠狠拿掃帚揮打牠的時候，牠皺著眉頭一臉無辜樣望著Lu。想起之前聽我提起因為一個人住的關係想養隻狗，終於，緣分來了，小黑來了，變成我屋子裡的咔啦。

溫醇紅酒在我臉頰上暈開，我們行走像雲上的飄浮，軟綿綿地。空地上，我將咔啦放開，任牠跑啊跑啊，星光映在整片草地上泛成奇異的景致。深夜正好，幾個人在遠處的水泥階梯上練習滑板。

我們如此安靜走上一段，只是為了多一點陪伴。她家的「狗瑞」毛妮前些天剛過世。附近鄰居開車撞上正在路上遛達的牠，腦部神經受損，全身癱瘓，醫生決定以類固醇治療一個星期，沒有好轉的話，為了解脫痛苦只能選擇安樂死。沒過兩天，毛妮像體諒Lu似地，自己停止心臟的跳動，溫柔無聲告別我們。

我卻還記得牠把死老鼠叼到我摩托車上放著，那副兇猛得應該能安享天年的模樣。

「咔啦。」我將晃蕩太遠的咔啦喚回來，牠猶豫了一會兒才心不甘情不願，彎彎曲曲跑回來。

Lu蹲下，咔啦立刻魯莽地撲上她，跳呀鑽呀，熱情過剩無法安靜。我知道她一定好傷心好傷心地哭過。

「我們都要好好保重。」她說。

我知道。

忽然，咔啦抬起頭，發狂似地衝了出去，一邊跑一邊兇猛吠叫，怎麼喚都喚不回來，遠遠甩開追逐牠的我。遠方那些滑板少年準備回家，咔啦跑去追趕摩托車，少年們因害怕而停車，趁著咔啦放慢速度，我一把抓住項圈綁上繫繩再也不放，對少年們再三道歉後，我便蹲下來打咔啦的嘴巴，緊緊圈住牠的嘴，教訓牠。

「這就是為什麼每次我遛狗都不想放開牠的原因。」我對趕來的Lu說。

「牠是小孩。你要花點耐心教育牠。」Lu笑了，「看起來真像為孩子在學校打架擔心的爸爸。」

「哈哈。很幽默。」

「你剛剛哭了喔？」

走出戲院，陽光好大好大，類似藍海忽而湧起的浪，撲得讓人站不住腳。十八歲青春鼓手（那時候，他的音樂夢開始了嗎？）低頭看我。我忙著掩飾被災難電影催淚過的痕跡，才倉皇要辯解關於自己愚蠢的脆弱，青春鼓手默默伸出手搭上我的肩，微笑得一點兒心事也沒有。

「等一下要吃什麼？」他問。

胃的痙攣稍稍停歇，睏倦昏睡間，我翻離自己的影子，面對著寒涼晨光，冷汗結霜，好舒服的觸感。馬路上醒過來的人車聲響是空氣中飄散的灰，隨風吹進屋裡來。

哈瑪星旁的鹽田情事

通過時間的鐵道

老人說出他的名字，可是記不得國字怎麼寫，不斷向我解釋，就是筆劃很多的那兩個字。

正午陽光炙熱，我開始後悔穿著背心、短褲就跑出來做田野調查。手臂烤得紅通通，汗滴滲出皮膚，光芒耀眼，一顆顆連結成一條蜿蜒的迷你小河滑落，滴上熱過頭的柏油路面，隱約還聽見「嘶」一聲的蒸騰，接著再一顆顆滲出。

真的太熱了。

我拿出沾上溼意的筆記本，翻開空白頁，咬著筆仔細想了想，端端正正在紙上寫下兩個字。

「是這兩字嗎？」我說著不太流利的台語問。

「應該是。」老人回答。

平常日的哈瑪星代天宮人不多，廟前幾個老人坐在屋簷陰影下聊天、乘涼，手裡的扇子搖啊搖的，經過他們身邊，涼風好像也輕輕淺淺吹了起來。

年老大抵就是這麼一回事吧？談論時少了年輕氣盛的銳氣，笑起來也不再有年少輕狂的桀驁，而眼神卻老實明白的，洞澈人生擁有的模樣。

我隨機選了個在代天宮廟埕前賣彩券的老人，寬大鏡片之後躲著說故事的眼睛，沒有辦法判斷他正說著的事，到底有幾分真實。聽不太懂閩南話裡夾雜日文的口音，我常常被唇齒之間某些奇異字彙干擾，老人說得興高采烈，像是終於解放長久以來無人一起對話的束縛，那種樣子的說話。

「小時候這裡是最鬧熱的所在。」他說：「如果有同學說他住哈瑪星，房子是紅磚厝，那是非常驕傲的一件事，只有有錢人做得到。」

書裡記載，高雄港古時被稱為丹鳳澳、朱雀池、打狗澳或打鼓澳。

清初文人沈光文，他在〈台灣賦〉裡提到「打鼓澳能生三倍之財」，顯示台灣這座南方大港的重要。

哈瑪星是由日文的「濱線」（Hamasen）轉音而來，指的是濱海的鐵路幹線。

日本政府填海造陸之後，日治時代的哈瑪星，在四萬六千多坪的海埔新生地上，建設棋盤式規劃的嶄新市街，以及現代化的新濱碼頭與濱線鐵路。

哈瑪星就像小學裡品學兼優的模範生，總是得到第一名的成績，高雄第一個郵便局（郵局）、第一個警察署（警察局），以及第一個市役所（市政府）。

代天宮，就是當年高雄市役所的原址。

老人叨叨絮絮說著印象中的哈瑪星，我的腦子裡則相當不專心地，把這些天蒐集、閱讀的老高雄資料，再複習了一遍。

從前從前，老靈魂

前些天一大早，才剛踏進工作室，導演老闆就興致勃勃地開始跟我討論起這一次新案子的企劃，關於高雄哈瑪星、鹽埕歷史變遷的影像紀錄。

「我不是很熟高雄耶。」我有點逃避的說，其實心裡想著，自己根本就不怎麼喜歡高雄。

「你不是高雄人嗎？」導演略帶疑惑地問。

「是沒錯啦。」我不曉得該怎麼回答比較妥當。

我一向自詡自己是一位文藝青年。

在北部讀書時，我們一群被各式文化餵養飽足的大學生，剛讀完卡夫卡、尼采、西蒙波娃這些人的存在主義，相約趕著雲門舞集的演出，聽Live House裡獨立樂團唱自己的歌，堅持夢想生活。

雖然還不懂何謂生命的深度與厚度，我們倒是學會了批判、檢討社會現有的結構與價值觀，高調得彷彿可以成為世界救星一般。

我以為自己會在那座光鮮亮麗、多采多姿的城市中找到生命的定位。

直到畢業後找不到工作，只好百般不願地回到高雄，兼職性接案子寫影片企劃。高雄是文化沙漠，我被「老兵不死，只是凋零」的焦慮牢牢困著，覺得自己幾近荒蕪。

我一直不喜歡高雄，心裡想著的還是賺夠錢，就趕快離開這地方。

不想浪費時間，也沒什麼興趣多了解高雄。

「那就多去做點田野調查吧。」導演簡單下令，順便把有關高雄的資料通通倒到我面前。

「喔。」我心不甘情不願地問：「什麼時候要繳企劃案？」

導演看了看牆上白板的行事曆：「還久，你還有七天。」

一個禮拜內，我得變成高雄歷史專家，然後寫下結合知性、創新，兼具感人肺腑，賺人熱淚的影片腳本，這工作未免也輕鬆得過分些。

老人繼續說著我在網路上已經讀得熟爛的高雄沿革。

我開始覺得無趣，低頭看錶，毛細孔仍舊滲出小小的水珠，拍拍五分熟的手臂，我得快一點結束老人的採訪，行程表上還有一大串待訪的人。

「好，謝謝……」我話還沒說完，老人卻彷彿上癮了。

「日本時代，這裡大概一半是台灣人，一半是日本人，大家都是靠高雄港過生活。」老人不給我打岔的機會，接著說：「鼓山國小那時叫做『打狗尋常高等小學校』，這個地方就是人家說的『湊町』。」

「什麼？」我問。

「湊町。」老人說著我聽不懂的日文名稱（後來查書才知道）：「我們不能讀這間學校，這是給日本人讀的。」

台灣人得搭鐵殼渡輪到旗后的「平和公學校」讀書。

我想像眼前老人的童年，跟著一群小學生，打扮整齊端正，小小身影交疊、相互嘻鬧，在渡輪上等著靠岸的模樣。

收音機體操用日文廣播著，他們站在操場上左搖右晃，勉力睜著張不開欲睡的眼，迷迷糊糊記不得下個動作，一不小心還摔了跤。

影像立體鮮明起來。

「六年讀完，還可以再讀兩年。」老人好像也回到自己的小時候：「這兩年，老師會帶我們去人家的鐵工廠或船廠參觀，畢業後可以直接在那邊工作。」

老人懷念童年時的哈瑪星，兩三個同伴沒事就往西子灣跑，海好像特別藍，藍得成為心底回憶唯一的顏色。有時候小朋友跑去武德殿看大人們練劍道，想像長大的那一天，自己也能拿起大劍揮舞，成為高手。

結束訪談之後，我緩緩走出還存留著古舊氣味的代天宮，一群小學生從身邊穿過，笑著往前跑去。我看見路旁攤販正就著水龍頭洗碗，恍惚之間，還以為自己走回到剛剛完成第一套自來水系統的哈瑪星，以為山形屋廊下，還遇得見穿上繁複和服的女人們，對我掩面微笑。

鹽田心事

過了鐵路，來到位在鹽埕，每天顧客絡繹不絕的冰店，是另一個採訪對象。

我拿出名片找賣冰婆婆的媳婦，導演因為之前紀錄過婆婆的專題，千交代萬交代一定要把他的名片拿出來，說不定會因此採訪到更多珍貴的資料。

一邊採訪，我卻注意到牆上放大輸出的老高雄相片，想起鹽埕在日本人還沒來的時候，只是一整片的鹽田。

「曝海水以為鹽」，白花花一大片一大片的鹽田，遠遠看著，其實跟婆婆辛苦賣的冰挺相像。

後來高雄港開了，移民來了，環境也變了。

哈瑪星填海造陸之後，鹽埕這塊海埔新生地成為最繁華的腹地，人們來到這邊，心裡盤算只要能落腳下來就有希望。

人在哪裡，家就在那裡，就算屋子再一步就會落進愛河也沒有關係，他們用石頭、木板簡易搭起遮風蔽雨的房屋。同鄉的一群人擠在狹仄屋裡，赤手空拳，為生存的夢想打拚。

柏油路面被午後日光曬出棉花糖的蓬鬆，車子經過時彷彿緩緩飄浮起來，我在世代交錯的故事裡，有種不明所以的感動，軟軟柔柔的，輕輕觸摸卻令人酸澀。

婆婆的媳婦熱情招呼我喝了杯店內有名的烏梅汁，同樣酸酸澀澀。

婆婆跟丈夫也是這些胼手胝足，努力生活的夢想家之一。

「孩子們長大後為了分家，兄弟彼此有點不愉快。」她說：「結果法官大人說，他自己也是吃婆婆的冰長大的，如果婆婆知道，一定會很生氣的用筷子戳他們。」

「大家都是一家人。」法官最後這麼裁定。

是呀，大家不都是背上希望來到這一塊土地，試圖抓牢夢想，建立起安定的家嗎？

男人在漁港裡，向浩瀚無垠的海洋借一點未來；女人在日本人家裡幫傭洗衣服。漁網下傷痕累累的雙手，以及包著悶熱頭巾感染膿瘡，留不住的長髮，也許只是別人眼底渺小的細微瑣事，卻真實見證夢想為城市裡所有努力的人們，建造出一個家的過程，溫暖直到現在。

生活，慢慢走

我決定把摩托車丟到一邊，慢慢走，好好閱讀這座城。

「流籠」，是臺埕第一家百貨公司——吉井百貨的特色，一座透明的電梯。「五層樓仔。」我一邊讀著網路下載的導覽地圖，走過吉井百貨的舊址，無意識唸出上面註明的別稱，覺得很熟悉。

我驀然想起爺爺，他曾經跟我提過這個地方。小時候，爺爺很疼我，常常沒事就騎上紅色達可達，載著國小剛放學的我到處去玩。

坐在後座，我老是以為自己小小的身體就要在風裡飛走了，於是緊緊地抱住爺爺，絲毫不敢鬆開。爺爺身上發散著淡淡辛辣的氣味，說不上好不好聞，也許只是因為熟悉與親暱，這氣味曾是我安全感的來源。

長大後才知道，那是白花油的氣味。一直到現在，白花油還是印象鮮明地存在於我對爺爺的記憶之中。

「這個叫『電動手扶梯』。」第一次到鹽埕的大新百貨，爺爺很慎重地跟國小的我介紹。

「我知道啦。」午覺剛睡醒的我有點不耐煩，覺得這裡根本一點兒也不特別，其他百貨公司還不是長得一樣，而且更新、更大。

「這裡是高雄第一個有手扶梯的百貨公司喔。」爺爺繼續說：「但是高雄第一個百貨公司是『五層樓仔』，現在已經不在了。」

「喔。」我心不在焉，只想趕快去玩遊樂器材，沒有興趣跟爺爺一起回憶從前。國中後，就不再那麼常見到爺爺。

爺爺有兩位妻子。我的奶奶，也就是父親的媽媽是小老婆，她在我小時候就已經過世。上一代發生的事，我從來不清楚，只知道父親高中畢業，便自己獨立出來工作，他很孝順，可是跟爺爺，還有另一個家庭間的關係，其實有著說不出的緊張感。

在不經意間才知道，爺爺每次帶我出去玩只是藉口，他的生活費又花光了。有記憶以來，我從來沒有見過放鬆玩樂的父親，他總是認真工作，彷彿盡力想要區隔開，他自己與父親之間的差別。

身體狀況不佳的爺爺後來住進療養院，父親帶我去過一次，昏暗房間裡隱隱含混著腐朽的氛圍，所有病人躺在淡藍色的床上，睜開眼或閉著，沒有聲音，沒有光。

因為絕望或其他的什麼，讓我恐懼地想奔逃而出。

我停下腳步，看著失去往昔熱鬧的大新百貨，夕陽將整座城市染成懷舊照片的昏黃，心底湧上感傷。

爺爺過世的時候，葬禮是什麼樣子，我突然記不起來。

小老婆的兒子，我的父親，又是用什麼身分送走爺爺？

如果說，我身上有父親的遺傳，最強烈可見的，應該就是家庭相處的緊張關係吧。父親從來也無法明白，為什麼我不能照著他的期待前行，考不上好大學，出社會一事無成，沒辦法專注於一份工作，三十歲仍舊悠悠晃晃、沒有明天般的過日子。

我也不明白，為什麼自己無法像父親那般，擁有保護一個家的能力。

我緩慢沿街而過，想著自己，也想著父親。

想到這座城市裡，原來也搬演著與我相關的故事。

城市徹夜未眠

夜要來了。

我走在街燈亮起的窄巷裡，感受空氣中飽滿餐桌食物的味道，熱騰騰的。

口很渴，我跟阿婆買了綜合汁。

阿婆已經在銀行前的騎樓賣了很久的彈珠汽水。

有次聚會朋友跟我提過，學生時代她常在阿婆的攤販附近等公車，寒流夜裡她瑟縮在站牌邊，忽然看見阿婆對她招招手，示意她過去。朋友以為阿婆需要幫忙，走近才發現，阿婆添了一碗熱呼呼冒著煙的甜米糕粥給她，要幫她驅寒。

「阿婆好好喔。」朋友瞇起眼，很感動的樣子。

「所以妳吃了。」我問。

「還吃了第二碗。」她不好意思地回應。

阿婆的大孫子已經是個高中生，很多人勸她應該把攤子收起來，好好休息、享福，可是阿婆不肯，她喜歡佇立在小小的一角，看熙來攘往的人潮把城市流成一條生生不息的河。

阿婆見證過鹽埕的歲月更迭，經過面前的那些人們，曾經失敗也抓緊過成功，這來回流動的一切，卻全都不如冬夜裡一碗米糕粥來得更加實在。

「寵辱不驚」，大概是阿婆的哲學，不論外界怎麼了，自己還是自己。

夜來的時候，愛河光彩華麗的閃爍著。鹽埕曬過一整天陽光的熱情，在夜燈裡搖搖晃晃，像是跳舞。

我還找不到開頭的第一個字來寫企劃書，不是為著自己對這地方錯以為的文化貧瘠論，或是輕視，是因為對於這些故事忽然而來的想法太多，我小心翼翼維持平衡，不想讓感受些微滿溢，或者遺失。

從流轉不停的故事中，我忽然發現自己，漸漸開始對高雄有感想。

這裡跟其他城市燦亮的美麗不同，高雄默默發散隱約星光，只有走來了、貼近了、傾聽了，才能讀懂天空中閃爍星斗的意義。

許多人來到這座城裡追尋夢想，落地生根，寫下人生，連延開城市深刻的文化，沒有譁眾取寵的過程，無關精彩與否，只是生命與信念的忠實印證。

在海上捕獲一條大魚、在街頭擦亮一雙黑皮鞋、在酒吧裡安慰一位想家的大兵、賣一碗冰給將來的法官、挑一枚戒指互訂終身。

一輩子住在高雄的父親，他又是以什麼方式，跟著歲月在這座城裡，寫下自己的人生？

我好希望能夠細細體會，了解這些人們，以及我的父親，閱讀他們在城市裡所寫下，獨一無二的創作。

我呢？我又會在這裡，寫下什麼？

風起了，城市開始有了涼意，我該回家吃飯了。

你的台北

時間被夜行的客運車廂悄悄凝固起來，睡意飽滿整個幽暗空間，平穩移動的夢遊裡乘客們緩緩前進。車廂空氣又乾又冷，害我鼻子過敏的毛病又犯了，沒法兒好好休息，睜眼看著公路車行一輛輛經過身邊。遠方深夜忽而田野忽而城鎮，一段段光影交錯的景象，在空無的黑裡幽靜明滅。

夜已經快到盡頭，不曉得這些亮晃晃的車燈要往哪裡去？工作、旅遊，還是疲倦地想回家睡覺了？

我想起兩三年前你離家的片段，弟弟。

剛退伍你便找到工作，自己默默弄妥一切，連落腳的房子都租了，才開口說要搭凌晨的車往台北去。老爸老媽拗不過你，帶著眼不見為淨的擔憂先睡了，我因為白天在研究室裡跟教授鬥智比劃得太累，自暴自棄撇開論文玩電動。你走進房間問我願不願意載你去坐車。

那一夜寒流的尾巴賴在高雄不肯離開，灰雲濃稠得跟爛泥漿一樣，月光隱隱在天空背面透出淡薄的光，像煙。我仍感覺得到騎摩托車讓冷風颳上臉的凍。幫你買了杯熱咖啡，一邊掏出身上所有的錢給你，零錢叮噹作響，兄弟倆沉默地坐在車站大廳。等客運停靠，將你帶走。

我們好像很少說話，長大之後，雖然我們只相差兩歲。前些時候老媽約我一起吃飯還順便唸了幾句，說我們像是住在同一家旅館裡，毫不相干的兩個房客，不打電話也不聯絡。

是的，我也搬出來好一陣子。租了間小套房，跟家裡隔幾個區，自立自強過日子。一個人住的生活，你應該比我更懂箇中滋味——要記得帶鑰匙出門，因為夜裡下班回家不會有人等門；摩托車壞了得自己牽去修，耗費大半天盯老闆有沒有胡亂拆裝零件；礦泉水空瓶跟垃圾越堆越多，沒人在身後煩人地叨唸整理。偶爾回家，會看見老爸老媽的年老與白髮，正對照著自己的生活，垂垂頹然與閃閃發光。

我一直以為自己才是那個叛逆，急欲逃脫父母束縛的小孩。我們多久沒見面？你所在的台北是什麼樣子？以至於你戀戀不捨，花了所有夢想在其中生活。而我，越認真獨立生活之後，竟越溫存於家的繫念。

心血來潮你會寫E-mail或傳簡訊給我，說些台北城裡的事。敦化南路上一間找不到門的酒吧，裡頭有好喝的調酒跟牛蒡條。覺得疲倦的夜，你便一個人走在長安東路的路燈下散步。信義區是消費主義發揚光大的極致，人們在美式早餐店裡吃豪華早餐，對比路邊因貧窮而乞討的小孩，二十四小時全年無休。週末的女巫店老是人滿為患，陳綺貞、張懸、929，你為我一一介紹這些獨立樂手好聽的音樂。

你真心喜歡台北。絢爛而五光十色熱鬧喧騰的華麗背面，在小巷的書店裡、在街角大賣場裡、在攤販殺價交談裡，人們彼此憐惜幫助，分享一本書提一個袋子優待五塊錢，與流行無關，你覺得那信念彷彿說，台北不該僅是夢想的應許之地，這裡有血有肉，有溫暖，也有醜惡，於是你努力在其中生存，有自己的生活意見，不再跟在我身後了。

小時候你總是跟著我。我們住的平房在後火車站的鐵軌邊，火車經過轟隆轟隆，整座房子隱隱震動鏗鏘作響，什麼聲音也聽不見。老爸老媽的脾氣也顯得很糟糕，老在吵架，一切混亂吵雜得讓人恐懼也難以忍受。小學四年級的你睡不著，我拉你進同一張棉被中，安慰你讓你安心，「沒關係，我在這裡，我會保護你。想尿尿跟哥哥說，我帶你去」，儘管那個當下你是我最討厭的跟屁蟲，儘管自己可能更惶然害怕，我卻已經隱約懂得，你與我之間勇氣十足，那純真相依的倔強。

縱使，你其實從來不曾依賴過我，也許比我還更勇敢許多倍也不一定。

狼狽與戀人分手時，家外面熟悉路口的街燈下我哀傷怔忪，你一個人在台北感覺孤單無依。失業生活不繼時，我躲在家的照顧裡休憩，你一個人在台北看不見明天。晴天悶得發慌，我翻開電話簿，從國小撥打到大學找人閒晃，你一個人在台北，試圖尋找歸屬。儘管信裡如此哀傷對我書寫，你卻仍然沒有失去繼續奮鬥的勇氣。新鄰居烤給你一枚蛋糕、同事吆喝一起喝酒抱怨老闆刻薄、老友前來拜訪、新朋友出現，因為美好的事仍舊發生。

你不再拉著我的衣角，如影隨形跟在身邊讓我看顧。坐上車往台北駛去的那夜，我只能給你一杯熱咖啡。世界當然比熱咖啡的溫度要複雜寒涼得多，可是究竟是什麼樣的信念和知解，讓我能天真地以為它將一路維持你生活裡的溫暖，而你竟也天真地，相信以為了？

我想大概是因為懂得需要的時候，我們就在彼此身邊，相互依靠，因此安心，因此各自生活吧。所以你偷偷對我說，說自己想要跟那個我已經搞不清楚是第幾任的，可是是最心愛的女友定下來。你約我去見見她，想聽聽我的意見。

我知道，你會教她怎麼開啟敦化南路上神祕酒吧的大門，一起在女巫店或小巨蛋裡聽一場熱鬧的演唱會，不再走長安東路上一個人的夜。也許就一起胼手胝足地買下堅固的家。

那個你跟我一起長大、養狗養蠶、吵架頂嘴，老爸老媽的家將成為你的鄉愁。假日或過年，你會跟家人們說：「我們回故鄉看看吧。」

其實我很羨慕你，弟弟。你的台北給你夢想、給你挫折、給你軟弱，也給你勇氣，也許之後還會給你一個家。而我仍在一個人的生活裡，學著如何對抗生活不定，抓緊想望奮鬥，有時愉快有時驚喜，大部分的時候卻都難堪受挫。

我親愛的弟弟，也許明天見面之後，你可以教我幾招，關於不恐懼面對未知生活的心得與祕訣。

小鎮步行測量的距離

阿致說這兒是全埔里最好吃的素食店。抬頭拍照時，寒流剛過的陽光鑲於舊黃色招牌邊，一線線像色鉛筆的素描，畫在我相機的觀景窗裡。阿致的鍋燒麵跟我的紅燒麵在湯匙筷子間，咻咻咻地吃成雜亂交談的語言，然後還洗了碗。在一個非常普通、陳舊的店裡，流動生活的柔軟與平常。

這裡是阿致生活的小鎮；我是他認識三年，今日初次相見的網友。那天地震過後，我決定來看看他。太陽曬紅鼻頭的午後，靜默無人的馬路讓銀白色光芒搖晃出一座小小湖泊，發懶的我們躲在他的房裡說話。與網路不同，真實地交談與玩笑。

在埔里從大學讀到研究所，來自台北的阿致長期租賃當地旅館的一個小房間，一起讀大學的好朋友都已打包回憶畢業離開，剩下他笑著說自己從過客住成鎮民，習慣了地震當下仍能不動聲色地在講台上完成作業報告。

要在一個地方住上多久，這裡才會是家？

從經過變成回家的過程，好像總免不了寂寞。有時他會想念台北那座光鮮亮麗，好漂亮的城市以及漂亮的人們，只是等休假回到城市，又隱隱透著不熟悉的陌生。掛記起小鎮旅館的那個房間：書架上自圖書館借回來的書過幾天就到期了；狹仄陽台邊整齊排列的酒瓶是閃耀綠光的藝術品；小房間外的長廊朋友們啪吱啪吱穿著夾腳拖鞋來訪；起風未關窗的夜，幾個人圍在地板上聽一張絕版唱片。

他沒想過，這些小事就如此莫名其妙讓自己在美麗的埔里小鎮，有了家。

從此與過客不同。阿致的小鎮不再是匆匆經過的門牌、路牌、哪條馬路；不再是幾分鐘的路程下一個紅綠燈右轉。而是步行過一位鄰居、一群流浪狗、一家店、一枚微笑。

走到素食店的距離是一碗香辣有味的紅燒麵；到飲料店的距離是令人發胖的古早味鮮奶紅茶；迅速經過齜牙咧嘴的惡鄰居是到學校的距離；橘子般夕陽落於鎮上的暮色，是回家休息的距離。

好多人來這地方觀光，擦肩經過的剎那，阿致開始有點兒懂得，自己與這些正往埔里酒廠而去的人們不同之處——他只是想去游個泳，順便和那幾個固定泳伴聊個天而已。小鎮是他生活所在。

車程回高雄路上，我記起與阿致在網路上相熟的原因。大約是我們都聽差不多的音樂、讀差不多的書、說差不多的話，以及感想差不多的感受。驀然我發覺自己搬離老家，住進現在的小公寓也已經兩年多的時光，可是好些個紙箱都還沒打開，好些個鄰居都還不認識，不知道最好吃的便當店在哪個巷弄裡。

不曉得，以步行測量距離的家，究竟有多長多寬。

乾旱期

我還以為天人菊的生長是一大片一大片，花枝招展，無盡綿延在細碎礫石滿佈的土地上，鋪蓋整座山丘。

春風吹過，如火似餤的景象。

陽光熱烈，無邊無際的晴朗天空只剩一朵小雲飄浮，弧線圓滑，凸眼金魚似的，小時候塗塗抹抹的勞作課裡我也是這樣畫雲，白色蠟筆剝落的粉屑背後透出隱約蔚藍，很淡很淡。

這座島稱做鳥嶼，「貓嶼無貓；鳥嶼無鳥」，他們這麼說。不過我倒是看到一隻，遠遠地，好大一隻，盤在石柱上，日光中翅膀撐開驕傲閃耀，整座島嶼都歸牠管一樣。

拿下潛水鏡，戴回六百多度眼鏡，我才看清楚那是放置在國小裡面的大型雕塑。我們一行人穿好潛水衣，脖子掛著膠鞋，三三兩兩橫越過學校操場的紅色跑道，準備到校園後方的海岸浮潛。沿途一點兒遮蔽物也沒有，炎熱令人難耐，我發昏冒汗地看不清眼前，搖搖晃晃。

那只是一小叢鮮綠綴著幾朵小花，似開未開，橘紅色的，花瓣邊緣帶點瑣碎的黃。走在前頭的人大抵不是繞開，就是大剌剌毫無知覺的踏過，還彈了菸蒂，跟「請勿踐踏草坪」標語邊的草皮下場差不多。

我走近，蹲下來看花。

「這是天人菊嗎？」我抬頭問站在身邊的朋友，光亮得睜不開眼。

她不耐地點頭。

「喔。真的啊！這就是天人菊。」我入迷地盯住不放。

見我沒有要動的意思，她又自顧自地往前走了。

旅遊書上寫這花耐旱、抗高溫，沒太多水也能若無其事好好活著，我還以為它該有什麼藏在根鬚底下，了不起的能耐，一起相互扶持綻放一整片乾旱原野，沒料到竟然只是這樣鮮豔、精緻的一群小花而已。

天氣真的太熱了，我閉起眼這麼想著。

空氣彷彿燃燒起來，乾燥得一丁點兒溼氣也沒有。睜開眼的瞬間，燥熱全都吸進身體裡，臨界沸騰了一樣。天空最後一朵雲消失在某個不經意的時間，只留下純淨天然的藍，失去任何顏色氣息方向情緒，就只是淺薄的，毫無其他可能的藍。

圓扁無禮的刺眼太陽，邊緣烤得失去形狀，黃黃油油地滾燙著，彷彿隨時要滴下來。

腦子空白怔忪，頓時，想不起來自己究竟在哪。

我起身環顧四周，只看見沙，只有沙。因風飄散懸浮，無邊吞噬一切的沙。黃沙滾滾，我竟然陷在沙漠之中。

這是怎麼回事？我得冷靜下來，我應該在澎湖，怎麼會有沙漠？我必須冷靜下來，好好想一想發生什麼事。

黑得發亮的玄武台地，一座座小山似地矗立面前。沙丘在遠方不停改變高低，一陣一陣失卻方向的風胡亂吹拂，沙面起了漣漪，直線、曲線、圓弧線、拋物線，嬉戲一樣地隨機變換。

我到底在哪裡？

吹陷的沙裡有什麼露出，我走過去，幾支寶特空瓶被風挖掘開來，碧綠色啤酒罐子滾啊滾，流浪到遠處去。我這才發現，這裡不僅僅只有沙與石地，還有其他別的。

便利商店裡販賣，一元一個的那種塑膠袋，好幾個，在天空裡詭異地飛，像白色氣球，也有別的顏色，紅色、黑色，五顏六色的氣球，聲勢浩大地一起風就飛。紫色氣球特別令我印象深刻，是因為家裡垃圾桶裝的，也是這種號稱會散發香味的垃圾袋。

沙面吹開，隨處可見保麗龍板、竹筷、皺成一團的衣物、玻璃碎片、乾草、斷裂的釣竿、牡蠣殼、魚鉤與線、菸蒂、更多的菸蒂……存在痕跡生氣勃勃地佔領這片荒蕪，可是卻一個人也見不到，別說人，連其他活物的鬼影都見不著一個。

整個世界彷彿進入乾旱期，了無生趣。

我仔細觀看一切，又瞧了瞧身上的潛水衣，說不上懼怕，只是荒謬，十分格格不入的可笑。一口氣將悶窒的救生衣、潛水衣全都脫掉，只剩衝浪短褲在身上，裸露肌膚對於自己的果決也毫不客氣回應，立刻便曬出火燒般的紅斑。

炎熱得連思考都被融化，我失去應對能力。

「DaLaDiDaLaDiDaLaDiDaDa……」細微聲響隱隱發出，女人哼歌的聲音，在擾動空氣裡自顧自地唱開來，如此熟悉卻又遙不可及，「DaLaDiDaLaDiDaLa……」

我仔細聽，聲音來自底下，慌亂掘開沙面，居然是自己的手機，而且響著，原音鈴聲的女聲不停唱歌。我連忙接起來。

「嘿，你在哪？」怎麼會是前些日子剛分手的戀人？

「怎麼是你？」我問。

「當然是我啊。到處找不到你，你跑去哪裡玩？」他口氣有點不耐煩，「你忘了今天要跟我去看電影嗎？我在家等你很久了。快來。」

「我……我們……你……不是……跟我分手了嗎？」我說得極小聲，不怎麼確定。

「分你的頭，你再不快點來接我，就真的可以永遠不用來了。」他生氣地掛掉電話。

留我呆立原地，吞回最後一句話，「可是我不知道怎麼回去。」

為了遺棄分手的痛苦，以及逝去戀情經歷過的那些記憶，我與朋友們出發到澎湖旅行。

忘掉我與戀人曾經細心計畫，一起手牽手來看滿坑滿谷天人菊花開盛況的約定——剩一個人，踏盡所有島嶼，讓熱烈陽光曬乾記憶背後不堪的虛弱，以及想念。

「會相愛，就會有分手的一天，沒什麼。」朋友們這麼拍拍我肩膀，放任我在夜行的台華輪上喝光一輪又一輪的啤酒，軟弱靠在波浪濺起的欄杆邊嘔吐。

有什麼人鬆開綁緊在自己身上的細線，細線懸浮，星光映照下微微閃動，我試圖伸手拉扯，眼淚就嘩啦啦地流下，垃圾一般隨著船速隱沒在黑暗之中。

「所以一切都是假的，是我想太多，我們根本沒有分手？」烈日下，我歪著頭盯住自己的手機想了許久。

無論如何，我要先找到回家的路，得去接他，然後告訴他，為了陪他看一場電影，自己耗費了多大的氣力。

長得跟風扇差不多的發電風車，在越過一座小丘後，出現於遠方。林立散落的玄武岩高地，山壁邊緣如同海岸線礁岩般凹凸不平。

我躲進陰影裡，摸摸發燙山壁，數不清的小洞在風裡呼呼發響，寂寞地機械地，不斷地響。

我被惡意遺棄在莫名其妙的空間之中，毫無頭緒，恐懼的孤獨，找不到出路。我想要，我必須回去。我要擁抱自己的戀人。

感到渴，才驚覺自己已經好一陣子沒喝過水。發昏身體需要補充水分，可是，沙漠裡哪來的水？強迫自己打起精神，繼續往前行，沒有目的，卑微地，只想先找到一些水。

小雲雀是從山的背面飛過來的。

牠落在我前方不遠處的枯槁樹枝上，褐色身軀融入沙漠荒涼背景，像一顆不起眼的石頭。

看了幾眼，牠又起身往回飛，我連忙追過去，一起彎至山的後頭。

這景象未免也超現實得太不可思議了些。

我記得旅遊書上寫的這棵樹，通梁廟前那棵有名的大榕樹。我小心翼翼，根本不敢相信地走近幾乎遮掩住半面天空的樹蔭下，原來，它長這個樣子。

茂密交疊的枝葉相互纏繞成結，枝上垂生的氣根鬍鬚般延伸到地面，長成根，長成樹幹，彷彿迷宮般，許多小鳥在林間啁啾來回，光線或隱或顯曬落，輕輕淺淺，遺世獨立的舒服涼爽。

迷宮盡頭是一泓光影波動，暗黑的水。

我興奮顫抖地嚐了一小口，發現是淡水，便不顧一切放肆牛飲。喝著，身體乾涸緊繃的渴與心理慌亂失措的疲倦，全被溫柔紓解、安撫。

滿足，卻失去防備力氣的躺臥，就這麼令自己放鬆任性地哭了。

那是一小叢鮮綠，綴滿橘紅色小花，花瓣邊緣還帶點瑣碎的黃，影子倒映湖面，色彩粼粼。

每一朵天人菊都完整綻放開來，默默無聲，讓我枕靠，安靜陪伴。我閉起眼，累得需要一場無止境的眠睏。

「我的媽啊。你在幹嘛？你怎麼了……」

遠方有呼喊聲傳來，我急忙張開眼睛回應。

湖水猛地乾涸，榕樹林間的光影不再，遮蔽消失，鋪天蓋地的沙漠立時吹散成空，連影子都找不到。我緊張兮兮站起身，仍不忘擦去淚痕，幾個朋友才剛剛奔來。

「你怎麼了？」他們問。

「我怎麼了？我怎麼了嗎？」我毫無頭緒，無從回答。

「我們往前走發現你沒跟過來。」剛剛跟我一起看花的朋友神色不安地說：「回頭看卻發現你躺在地上。剛跑過來，你就站起來了。」

「發生什麼事？不要亂嚇人。」另一個朋友問。

我頭痛欲裂，沒法兒作答，低頭看見好多隻腳踩在那叢天人菊上。忽然想起電話，十萬火急起來，「K剛剛打電話給我，叫我趕快回去……」

「你曬傻了啊你，你們早就分手了。」

「可是……我剛剛接到電話……」

「接得到才有鬼。」朋友拉拉我身上的潛水衣，說：「請問你是把電話藏在哪裡？」

「走了啦。」一群人推著我往前，「大家都要下水了。」

礁岩海岸邊已經有好幾組人馬正在整裝，躍躍欲試準備下水浮潛。海洋與天空在遠處分隔出不同顏色對立，流動著的，以及凝固不動的兩種藍色。

那朵白色蠟筆畫成的雲還在，漫不經心緩緩移動。

「潛水鏡先用海水洗一下。」皮膚黝黑的教練大聲說話，「等一下不要亂摸魚或其他生物，潛水是一回事，生態還是要好好保持，請各位多幫忙。」

下水前，我回頭看見，什麼人丟棄的半瓶礦泉水，被浪花捲進海裡，浮浮沉沉沿著風和日麗的夏天，一路漂流向深藍遠處。

夜行

白色小貓一躍便落到正前方來。

純白色反光的彈跳，大概只要我稍稍失神，就會因為粗心忽略，讓牠悄悄融進整個光潔明亮的車廂之中，錯過存在。

列車沿著軌道鐵架，或是乘客的夢的弧線，浮動在城市天空，夜行緩緩。零星散坐開的人們，全都睏倦無神地睡入最後一班捷運駛動裡。

貓轉頭看我。

身體初生般很小很小，眼睛瞇成尖銳閃耀的鑽，闇黑無聲卻又熟悉的盯視，是唯一的顏色，閃著光。牠轉過整個身體正面向我，後腳坐下，尾巴輕巧地晃啊晃啊，隔著距離靜默對望。

捷運車廂不該有貓，我開始好奇。

不過，又有什麼該或是不該存在呢？

關於流浪動物宣導片的前製田野調查，邁入第五天。城裡下了好一陣的雨總算停歇，烈日下柏油乾燥，馬路反映一層淺淺淡淡的晴天倒影，雨季彷彿是夜裡翻身後溼溼涼涼的夢，醒來僅剩幻覺。

「本來就不應該有這種東西，很危險，小孩子會被咬。」握著掃把的中年婦人接受採訪時，口氣滿是恫嚇的嚴峻。

「所以曾經有小朋友被狗咬過嗎？」我詢問。

「反正很多啦。」婦人拼湊不出有力的證詞，揮揮手表示不耐，進雜貨店去了。

我繼續沿街行走，試圖解開謎題。

流浪狗老花是混種黑白色的乳牛犬，從我踏進街口開始，這條社會化的老狗就一直帶著牠中年不惑的自信，不近不遠隨行圍繞，釋出善意，偶爾偷偷回頭觀察、確認人還在不在，又志得意滿地再度前行。

我蹲下，等老花轉身奔來，伸出手掌供牠嗅聞、舔舐，讓老花明白自己沒有傷害之意後，才輕輕拍拍牠的頭，以示鼓勵。

舒服的老花得寸進尺起來，竟然將整個身體都靠進我的懷裡來撒嬌。

「好了。好了。」我笑著，從袋裡拿出一把狗餅乾，「我要先走了。我會再來，下次見。」

人來人去對流浪狗來說只是稀鬆平常，牠習慣了。

目送我離開後，老花便慢條斯理地去享受那一把餅乾的午茶悠閒。

「嘿。過來。」戴安全帽的人將摩托車熄火，停住路邊，口罩後分辨不出男女，語氣透出過度、異樣的歡愉，示好地對老花拍拍手，「嘿，過來！」

老花抬起頭，搖了搖尾巴，無知的笑意。

人來人去，稀鬆平常。

牠走去，還來不及感受到沁冷惡意，忽而就被突兀無解地削下整塊右臉頰的肉。腥紅血液噴上銀光色西瓜刀，散開於整個焦躁空氣之中。嘴唇離開連結的身體，就只是躺在路面，軟弱無用，等待腐爛的肉。

尖聲嘶吼的痛覺帶老花衝往陰暗竄逃，再也不敢，下次再也不敢了。

列車停止，車門開啟。

穿西裝的男人驚醒，胡亂收拾好便奔出門去，差一點踩到貓。小貓無動於衷，反而是我嚇了一跳，幾乎要出聲警告。「喵」，貓不置可否地盯著我。看起來，不論睡了或是清醒的乘客，好像都不曾注意到小貓的存在。

沒人在乎自己以外，發生的事。

「我跟妳說……」我試圖偷偷說些什麼，卻聽見自己的聲音瘖啞低沉，幾乎哽塞，「這車上的人，不……這世界上所有的人，都跟鬼一樣……妳要離我……離他們遠一點。」

最後一次看到老花，是在「台灣動物緊急救援小組」的網站上，牠整個右臉被人用西瓜刀削去，血淋淋的傷口發炎潰爛，牙齒外露縮不回舌頭，躺在醫療床上聽天由命。

自己試圖挖掘得更多，導演卻認為我跟錯新聞。事情已經發生，我們無法拍到老花被砍、被剁的畫面，只有照片，影像驚悚程度明顯不足，而且，關於流浪狗的議題，劇本上已經著墨太多，不需要再追蹤，應該把心思花在其他獨家畫面，影片才能引人入勝。

我疑惑地寫下開會結論，驀然發覺一切未免可笑也可怕得太過分了，明明是瘋狂得接近暴戾的城，卻只能張大眼睛袖手旁觀，注視，然後訓練無感。

貓歪著頭，不準備發表意見。

軌道斜了彎，車廂裡的乘客一致朝左傾了傾，又回復成原來的樣子，仍舊無人清醒。

我繼續說，類似喃喃的自語，停不下來，「妳要小心一點，不要相信任何人。要是被抓到，他們會把妳……活生生……浸到油漆裡……再晾乾妳，妳能想像那種痛苦嗎？」

貓思索了一會兒，接著，一些些都不曾遲疑地，輕巧一跳就躍上我的腿，沒什麼重量如同幻影般，抬起頭，眼神溫柔攻擊，渴望撫摸。

我無法辨認自己恐慌焦慮的原因，是為著聽不懂教訓容易摧毀的生命，卻前來對陌生的自己示好？還是，捷運上不該有貓？

捷運不能帶貓。

牠不是我養的。

與我無關！

車廂門再度開啟，手足無措的我猛然起立，小貓靈巧向外跳回原地，安全著落，一點兒也不驚訝，也許還笑了，取笑無知的大驚小怪。

列車匆促離開，空盪月台只剩莫名難解的惆悵與自己在一起。

「你到了沒啊？」導演在電話那頭著急起來，「他們要開始了，快！」

「好。」我回答，奔跑出車站。

今天一整天都在老花曾經出沒的街上，找尋關於牠遭受攻擊的線索，卻無功而返。臨睡前，導演來了電話，口氣極興奮，說發現了一個重要的獨家橋段，要我馬上趕到。

按照住址找到藏身在高樓空地中，燈光昏暗的鐵皮工廠，我跟屋外的攝影師打了招呼後，便開始協助他把器材拿下車。

「拍什麼啊？」我問。

攝影師聳聳肩，他也不知道，對於半夜還要工作這件事，情緒不是很好。

「你一定要保證不能拍到人，也不能拍到任何外觀喔。」導演跟另一個人走出廠房。

「一定的啦。我有我們的職業道德。」導演回答：「我們都認識這麼久了，我不會害你的。」

「這是我們的企劃。」

我跟工廠的主人握了握手，他的手勁兒誠懇有力。

「開工啦。」導演異樣興奮，活力飽滿地催促起來。

一行人走進偌大的工廠，卻只有橙黃陰沉的小燈照亮隱隱約約的路徑。幾個大型橘色塑膠桶隨意放置，空氣中瀰漫一股使人作嘔，腐肉的熱氣，驅散不去，令自己隱隱不安起來。

「側拍工作照啊！發什麼呆。」導演一邊協助攝影師調整腳架位置，一邊提醒我。

「拍什麼？」我困惑地拿出單眼相機。

瞳孔習慣昏暗光線後，我才發現每個桶子裡好像都裝滿東西，於是靠得更近，試圖看清楚，卻被驚嚇地差點跌坐在地，無法回神，胃酸湧上喉頭。

那是一隻隻剝了皮，泡水腫脹、姿態猙獰的四腳動物，無聲懸浮。

「你不要看貓肉酸酸澀澀的，其實，比例調得好，混到其他肉裡，尤其是豬肉，可以增加肉的風味。」主人靠到身邊來，熱情口氣含混驕傲，「這就是我們香腸賣得好的祕訣。」

我們走得更深入，工廠盡端飄動一顆一顆細微白光，忽隱忽現相互交疊，那是大型鐵籠裡徘徊來去，貓群的眼神。明明無法自由也將失去生命，怎麼眼睛仍會泛著刺人的光？

牠們抬頭，注視直擊而來，讓我膽怯地想拔足奔逃，卻早已沒有後路。

「拍照啊！」導演又提醒了一次，「我不是請你來參觀的。」

牠們全都看著，眼神深邃專注，緊盯住我。我拿起相機，無法控制全身戰慄的懦弱，恍惚瞇起左眼，將右眼緊靠觀景窗，激動沁成一片白霧。

喘息之間，小貓出乎意料地跳躍至正前方來，純白色光芒從灰暗貓群中穿出，我瞪大眼不敢相信，而牠，仍舊是捷運車廂相遇時那副神情。

牠走來，不疾不徐停在鐵籠之後，坐下，尾巴柔軟纏上鐵網的孔。

貓與我對望，隔著觀景窗仔仔細細看透過來，沉默屏息。

「我們的流程跟一般殺雞差不多，就是放血、燙毛……」工廠主人還在叨絮。

我將情緒託付反射，閉眼切開連結，不停按下快門。

怎麼越是毫無遲疑的瞬間，反而卻更感同身受，貓群在強光中瞳孔同時瞇成細線，那殘忍的銳利？

「我是不是有跟妳說過……」我好容易才說出話，聲線極輕極輕，「我們都是惡鬼，妳應該離我們遠一點。」

百鬼飄浮夜行，魑魅魍魎嗜血無度。

謎底是，這城市練習殺戮，終將抹滅一切存在痕跡。

天使剛剛經過

看。

起先是風，風是什麼樣子？看不見的女人揣想，為何風來的感覺類似戀人的柔軟觸摸？輕浮握過攤開的指尖，滑動，輕拍，緊靠。在被陽光曬暖，隱隱發熱的皮膚上頭，像一個擁抱，被戀人擁抱。城裡特有烏煙瘴氣又混雜人工高級香氛的氣味環繞過來。車流奔馳旮隱，人們於身邊行走、說話，燈號無聲轉換。兩個，不，三個遊民在經過的路旁躺臥，或是磕頭乞討。看不見的女人被迫停下腳步，伸長枴杖敲打紅磚階梯，於有光的街頭仔細察看。黑暗裡能安全穿行馬路的一枚標誌，女人還在找。

滑行。

沒有腳的男人坐在有著巨人般輪子的椅上向前滑行。小心翼翼在紅磚道上趕赴約會，他必須忍住不被公園裡綠油油的草坡吸引。春日正來，剛灑過水的森林公園彎起迷你彩虹，成為一座真的森林，茂盛在無人回頭的城市裡。男人老是期待能穿越那一片草地，不須在堅硬凹凸的紅磚路面上顛簸。森林裡會有風箏在葉片間飛翔，緊抓氣球的小朋友纏著跟他的巨人輪子比賽速度。紅磚路面劇烈搖晃，五臟紛亂的不適令他不得不放棄前行。沒有腳的男人滑不上略陡的山坡，走不到森林後頭。那童話的出口，男人到不了。

老。

老人已經很老了，老得自己也記不得該有的年齡。那麼，他會記得什麼？他記得那一排眷村房子的其中一間。雨季，瓦片屋頂匯出涓涓小流，滴漏上屋內懸掛一塊塊晾不乾的尿布。妻子在廚房洗碗，他抱著孩子佇立門邊，院子裡的九重葛葉片因為溼潤顯得更加翠綠，依著支架綿延生長，攀附到圍牆邊上，一段一段垂吊下來，百無聊賴地盪。杜鵑花還開著，幾朵扶桑花苞好像也有了綻放的意思。村裡頭細細碎碎傳開慣常的打牌聲響，嘩啦嘩啦。笑聲、牌尺打人的聲音、嬰兒哭聲、剁餡包餃子的聲音，雜而不亂，都成了雨的配樂。失憶的老人停在音樂震天的唱片行前面，看著五顏六色的人潮，光鮮亮麗的店舖彩燈，莫名恐懼不安。找不到那一排老房子，老人迷了路。

寂寞。

城市其實是很寂寞的。不論是一個人生活，跟家人生活，跟誰生活，寂寞的距離總會存在。一點點美感，一點點冷。獨自擁有一切，城市裡，偶爾的成功、大多數的失敗，笑聲眼淚、純真邪惡，都是自己一個人的。只能彼此探問，無法分享。我很寂寞。公共浴池的池水在他們的裸體上流動，水波搖晃隱約乍現的光——腰圍過胖的肚子、結實的肌肉、散落水花的短髮、國王遊戲的卡通刺青、焦糖瑪奇朵色的乳頭，集體窺視彼此不為人知的私密，慾望將池水加熱。我躺靠在池邊。閉上眼睛只露出一顆頭，輕聲哼起柔軟的歌。有人在水底伸出手輕輕觸摸我，緩慢來回。「你唱歌，很好聽。」對方挑釁般捏起我的皮膚，微微地刺。慾望的洞好深，我停在寂寞裡。

天使。

天使剛剛張開翅膀飛過城市上空，那瞬間，人們被隨手按停。柏油路。憂鬱。流浪狗。流浪漢。昂貴公寓。淡水河。受虐兒。老人。落葉。笑。死亡。捷運。影子。慾望。在全世界最高樓的最頂端，祂蹺著二郎腿托腮觀望，看見這些，看見盆地並不太好，可能還有點糟地朝什麼方向傾斜，就要翻覆。掙扎著該向上呈報，還是相信祂轉身離開後，下一秒可能的發生。

丟錢幣決定吧？天使伸直手，拇指用力一彈，錢幣沿著拋物虛線墜入盆地裡頭。

「噹啷！」看不見的女人感覺什麼滾到鞋邊，撿錢幣的高中女生不小心擦撞她，跌倒之際被扶持住。「對不起。」「沒關係。」「妳要過馬路嗎？」另一個男聲。一群高中生嘻嘻哈哈排成一列，護送女人穿行馬路。剛剛被風握過的手在同伴牽引下漸漸溫暖。她記起小時候「火車快跑」的遊戲，圈在繩內的同伴踏上剛鋪好的柏油路，大搖大擺往遊戲場前進。她知道前方有路，所以從來不曾恐懼退卻。

「寶貝。」沒有腳的男人才回頭，便迎上溫柔的招呼與親吻。他驀然想起自己沒有腳，卻擁有一位漂亮的長髮戀人。「對不起，我又遲到了。」「沒關係。」「要做些什麼事呢？」他又往森林的方向看了一眼。彩虹消失，草坡上因為水珠的關係，彷彿撒開細碎寶石般發了光。他的漂亮的長髮戀人緩緩推起輪椅，向草坡去，要一起走到氣球飛翔的原點，曬曬那邊的陽光究竟是什麼溫度。

「別怕。」陌生男孩輕拍失憶老人的肩膀，他看見老人臉上驚恐不安的神情。失憶的老人背後一大塊短布，繡著名字、住址、聯絡電話，以及謝謝。「我送你回家吧。」「好。」老人感覺男孩似曾相識，也許哪天在眷村籃球場上，曾經誰吃過誰粗魯的一拐子，鹹鹹的汗水味，失憶的老人忽然記得，自己的絕招是讓圓滾滾的橘球在指頭上旋轉不停。

「CALL我。」胸口有著好看刺青的人離開時這麼說。我對他的示好回報微笑。「一定要打給我。」「嗯。」走出洞口，整座城市都已打烊，街燈暈開，深深淺淺，一條黃色的河蜿蜒流動，沒有由來也找不到盡頭。又只剩下自己一個人。原來城裡是有星星的，我抬頭看才發覺星光隱隱，在黑夜越深的寂寞裡。「喂。」我接起手機，媽媽來電。「週末回家一趟吧。我買了材料熬湯。」

戲法。

離開的天使在回頭一瞥那瞬間發笑，瞧見城裡人們新學會，幽默的蹺蹺板戲法，盆地又回復水平原樣。祂想著，「下一次吧。」

擁抱

SAM的聲樂老師在一個陽光正好的晴日午後，跳樓自殺。

雖然報紙版面斗大字體驚悚地讓人無法忽視，但對自己來說，其實也就是城裡另一則習以為常的社會新聞而已。

新聞總是相同。

每天，攤開報紙轉開電視連結上網，全都不知所以地，嗜血地搬演層出不窮，類似的消息。

有人樂透中獎隱姓埋名，有人車禍裡鋸斷雙腳鋸斷未來；她站上議會桌宣揚女性平權的當下，有人正在家裡強暴自己十歲的女兒；他耗費心力賺錢實踐夢想，有人在電話那頭騙走無知老人一輩子的積蓄。

有人愛，有人恨。有人活著有人死去，不過如此。

一直到夜裡，SAM傳來手機簡訊，告訴我新聞中那個分成四段的身體，是他的老師，我把訊息上每一個中文字都讀得仔仔細細，深怕缺漏相關重要字眼，錯讀原本的意思。

一個與自己有關的人，選擇狠狠遺棄了這個世界。

溫柔的歌在幾乎啞口無言沉默的夜裡被反覆播放，女歌手的聲音是一條漫長，無止境的線，繞啊繞啊，複雜纏繞起整個黑暗房間，我躺在沁涼地板上被月光曬著，被網包覆成繭。

柔軟得彷彿孱弱無力的歌聲，卻伴奏粗暴發狠的吉他，如此對立，跟現實生活是不是挺類似的？越想提起勇氣追求希望，生命就越展開一連串所謂「吃得苦中苦，方為人上人」的考驗，病態地驗證決心。

當兵時的好兄弟凱甯，他父親在除夕夜因為腦中動脈瘤破裂，緊急送醫開刀，昏迷好些天，醒來卻失去記憶。

「我跟他說我是凱甯，他卻回我『你是誰？我不知道。』」凱甯說：「為什麼會有這種鳥事啊？我每天辛苦工作，好不容易成為一個會計師，可以讓我爸媽好好生活……」

我們在夜市人聲吵雜的快餐店裡，不合時宜地對話，「嗡嗡嗡」的聲響，一恍神，我看見並肩錯雜的人們全都開了口，卻聽不清任何一句單純的話，只是「嗡嗡嗡」。

「他不會計算，不會按遙控器，不知道喝水要倒進杯裡，真是他媽的狗屁倒灶。」

我試圖靠得離凱甯更近一些，想開口說些話，卻無法動作。

如果這些就是生活的真相，選擇放棄，比較快樂、容易嗎？

我被困在沉穩的夜，無法停止揣想，在她最迷惑，準備一躍而下的那一刻，在乎她，與她有關的那些人在哪？

天就這樣亮了，灰濛濛的霧氣懸浮在彩色光裡，若有似無，朝陽正要透出。我穿上外套出門，想找尋一點點溫度，治療失眠昏眩與失去平衡的頭痛欲裂。

坐上人行紅磚道旁的四方桌邊，來往人群、車潮距離得極近，卻又如此遙遠。陳年白桌呈現髒髒黏黏的米黃，一碗豆漿冒著熱氣，我靠得很近，閉起眼，讓微甜煙霧安撫自己的頭疼，以及哀傷過頭的感想。

紅色白色黃色黑色的轎車公車計程車在交通號誌下不耐的喇叭聲響；十歲十三歲十六歲二十歲的校服書包球鞋成群招搖過街的聲響；油條蛋餅奶茶厚片吐司的香氣熱熱鬧鬧流動成生活氣味的聲響……

繁雜、紊亂，無法隔絕的瑣碎噪音，我竟然有些明白，她縱身一跳，所追求的快意安靜。

因為，所有人都活著，愉快地驕傲地陽光地，悲傷地蕭索地斜陽地，卻都那麼孤獨，與自己無關地活著。

老人前頭排了很多人，他外帶的早餐一直都還沒好。環顧四周後，他選擇坐在我桌邊，自顧自就說起話來。

「這麼早起喔。」他說。「嗯。」我說。「早起好，怎麼只有喝豆漿？」他說。「不怎麼餓。」我說。「年輕人要多吃一點，能吃就是健康。」他說。「嗯。」我苦笑。

陌生老人打開話匣子，從我的家世一路詢問到現在的住所、從事的職業、爸媽的興趣，同時滔滔不絕向我報告申請老人年金、辦理老人優待車票的繁複須知，以及益處。

「嗯，阿伯，你有六十歲了吧？」我問，狐疑起他過度的樂觀與健康。

「什麼六十！我已經八十了。」老人有點得意，梳理整齊的油亮白髮顯得陽光朝氣。

談話結束老人拿到早餐，卻又端來一碗熱騰騰的豆漿，放到桌上，「請你的。不想吃東西，那就多喝一點。」

他拍拍我的肩膀，笑容裡有種深邃的滄桑，歷盡世事，卻不曾頹喪衰老，像一個知解的擁抱。

我不知所措，只有微笑禮貌回應。

她曾經回味起這些生命片段的溫柔嗎？

她曾經因為瞬間遲疑，而感應到這個即將放棄的世界，有人想起她，關心她嗎？

想起有人緊緊牽住她，在春天來的夜裡一起散步。想起蒼老年歲的父親的手，鄭重將她託付給未來的丈夫。想起兩個小孩拗脾氣地要求粉紅色的棉花糖。想起學生沒將樂譜記牢，合唱練習時閃躲的好笑眼神。想起天台的花。想起幾封情書。想起一碗溫熱的豆漿。

想起擁抱。

我曾被一個朋友緊緊擁抱過。

大學重考時，自己鎮日茫茫然對抗自我清醒的無用，索然無味的人生。家裡關係鬧得很僵，大半年都沒怎麼敢跟朋友聯絡，連犯憂鬱症的動力也興致缺缺。

在書店與朋友相遇的時候，我尷尬擠出微笑招呼，他卻立時奔跑過來緊緊擁抱住我，嘴裡反覆說著「好久不見」。

那不只是一個擁抱，到現在自己才隱約懂了。

這裡面包含更多的是對我的在乎。一些善意的溫柔了解，偏執的關切、些微對於漠不關心的責備、希望自己生活保重的叨唸，以及這世界上需要我存在的信念。

也許他想說的是，不論我生活困頓或是愉悅富足、不管身邊的朋友是一個還是一萬個、是失業流浪，還是Super Star，我的存在，對他，是極端重要的。

一個曾經擁抱過的關懷，穿透記憶而來，自己重新感受，才發現，原來力量從未退散。

我靜靜喝完兩碗甜膩豆漿，飽足溫暖。

後來SAM請我去欣賞他參與演出的音樂會。

他是一個我很喜歡的朋友，有自己獨特的想法、步調，說話方式很溫柔，不與人交惡。極好的人。

開演前我們稍稍聊了一會兒，我看著他，想著是否該好好說聲加油，還猶豫就被同行的朋友們拉進場去，正懊惱著。

SAM隔著人群，忽然高喊：「嘿，你不可以站起來大喊加油喔！這可不是演唱會。」

我笑起來，走回來擁抱他，用力地說：「加油。」

我的關懷，他懂得。

音樂會結束，接到大學好友的電話邀約，計畫找大家一起出來聚聚，聊聊生活。原來是我之前傳的手機簡訊引起共鳴。

……生活變得很麻煩。工作環境裡互相猜忌，我好想念一起鬼混糊塗的學生時代喔。唯一算盡心機的是怎麼在無止境蹺課後還保持all pass。啥時要出來聚聚？……

大夥兒高高興興訂好見面時間、地點後，還不忘警告我不准遲到。

「讓我給你一個大大的擁抱吧。」現在的自己還是會有一點害羞，說不出口。身體力行簡單些。

我開始期許自己不顧一切全力去抱住關心的人，只要一點點蠻力，身邊應該就不會再有放棄自己的人，這樣很好。

最後我們，尚未到達的那頭

剛入伍新訓的小孩到家裡借住時，與他討論起自己以前當兵的一些事；而我當兵時的同梯華特正好才自美國休學回來。

平安夜。我們幾個同梯離開快打烊的泡沫紅茶店，沿著招牌熄滅的店家鐵門一扇扇往前走。耶誕老公公大約正在誰家煙囪上上下下忙碌攀爬，忽然我想起一整天都還沒見過一棵耶誕樹。非常安靜的夜，人們都不見了。灰色深深淺淺交錯的街頭，起風時便一起跟著輕輕飄動，雖然彼此的心事老早都已不再交錯，我們卻彷彿走回相遇的原點。

那時候都作了一些什麼夢呢？

從營區天台的黑夜仰望深秋，星星會像隨手甩開的水珠般飛散一整片天空，晶瑩剔透地來去滾動，閃閃發光。風來時也不覺得冷，反而帶點兒陽光下新鮮健康的青草氣味。兩三條曬衣繩被拉開來橫過天台，好長好長，大夥兒在裡頭將制服、內衣、內褲一件件甩平、夾好，然後停下所有焦躁、緊張，鬆懈圍聚成幾個圈圈聊天說笑、抽一根菸，或什麼也不做，唱唱歌，看美麗星空變幻。

我們是1905梯的新兵戰士。

一天的上課、操演已結束，熄燈上床的時間未到，夾縫裡的六十分鐘被仔細地，發懶地使用。華特問我私藏的營養口糧還有沒有剩，阿志輕輕哼著大學時合唱團練習過的曲子，我呢？大約感覺疲倦，空白的腦袋沒有太多想法，菸頭迎風燒得特別快，像無所事事的生活裡，時間消逝總讓人覺得特別浪費。

想念收假前，還一起散步於燈火燦燦的市中心。相同的黑夜，特大杯香蕉船在胃擱淺，一點一點地融化，血液裡忽而攀升的甜令人幸福得懶洋洋。我們作伴，看人車來往，看別人的生活跟著地球運轉，被迫停下腳步的我們，像偷偷地，懂了月球光亮背面陰影的祕密。原來不盡是那麼悲傷、徬徨，不著邊際的困惑。

要熄燈了，還有明天。

我聽見華特不斷挖苦自己「是傷痕累累從美國逃回家來」，想起文森決定搬回自己出生小鎮那天。

我與文森是在KTV認識，一起無業鬼混好一陣子之後，才變成知己的。因為共同朋友的生日趴上，快退伍的他唱起我喜歡歌手的曲子，歌詞零零落落讓人不忍卒聽，於是自己多管閒事，拔刀（麥克風）相助，在彼此交換過「喔！你也聽這種音樂啊」的欣賞眼神後，開始友誼。

退伍後，他搬來我住的城市裡找房子、找工作，找也許可以好好幸福的愛。文森有一只神奇的iPod，裡頭裝了所有這世界最好聽的音樂。夜裡，我們常常一人戴上一只耳機在市中心的廣場散步，分享彼此盼望實現的夢。夏日吹起的風鹹鹹澀澀，跳土風舞用的收音機在廣場中央好大一台，卡帶轉動的齒輪聲一二一二，媽媽們完美地剛旋轉過一圈。抬頭看竟然發現，藍天白雲還在，只不過被一層很深很深，鬱悶的灰黯給遮蔽而已。

所以我們等。

等什麼呢？

文森找我過去取東西時，房子大約都已收拾完畢，留給我的東西裝箱整齊，安放牆角：印表機、工作室沒賣完的小卡與徽章、包裝紙、我的安全帽……。曾經熱熱鬧鬧吃過生日火鍋的房間，現在空盪盪，張著刺眼的燈照著還沒作完的夢想。

抵達火車站後，天空忽然下起傾盆大雨，聽說颱風要來了。

「保重。」我說。

「你也是。保重。」他說：「別忘了下個月要一起看表演，See You。」

這才忽然悲傷起來。

收假的小孩從軍營傳簡訊來，「如果可以一直是小孩也不錯，為什麼沒有一種叫做小孩的職業？」

小孩與我的好友分手後，我們仍舊維持著相互關照的友誼。因為受訓的關係，連著兩個月的週末，都來借住我的小套房。寒流來襲，窗子在夜裡被大風敲打得砰砰作響，我們躲在一張單薄棉被中連線打電動，減輕他收假前的不安難耐。

才剛大學畢業的小孩一直很羨慕我的生活。羨慕我一個人生活，獨自為什麼夢想往前走；羨慕我一個人散步去吃晚餐，在轉角的相片館沖洗相片；羨慕我一個人自由地抽菸、弄亂房間、熬夜寫作。

我的孤獨被他羨慕，因為他是急著想要快一點長大，快一點懂得世間人情的小孩。不喜歡被我稱做小孩。每一次，看著這個男孩，彷彿是我自已轉過頭去望見二十多歲的自己，這一路，其實都沒有變啊。

其實我們的孤獨不都是一樣的嗎？

說不定是我羨慕他。羨慕他在走到我現在所立之地前還有時間，羨慕他可以丟三落四、笨手笨腳，吃飯弄髒襯衫，羨慕他還以單純天真的好意善待別人，還願意跟老爸老媽爭論、吵架。

簡訊尾端，小孩「誇獎」我房間整理的難度很高，決心在下部隊前要好好「挑戰」一回，作為借住的謝禮。

我默默將小孩寄來的信、傳的簡訊都好好地收著，哪一天，也許一年後，或三年、十年後，可以回頭去看，曾經有一個小孩說過這些話，相信這些事。我知道，所有這些人的這些故事，都仍會自顧自地發生下去——華特也許會完成學業；文森也許能找到自己的夢想；小孩也許會變成大人；我也許會寫出什麼前途來。

最後我們，也許都將走到現在尚未到達的那頭，希望那時，我們還能給彼此打聲招呼，還可以說說笑笑地提起曾經這一頭的事。

還有，其實我很焦慮（生怕房間太乾淨）地想對小孩說：「你真的太客氣。」

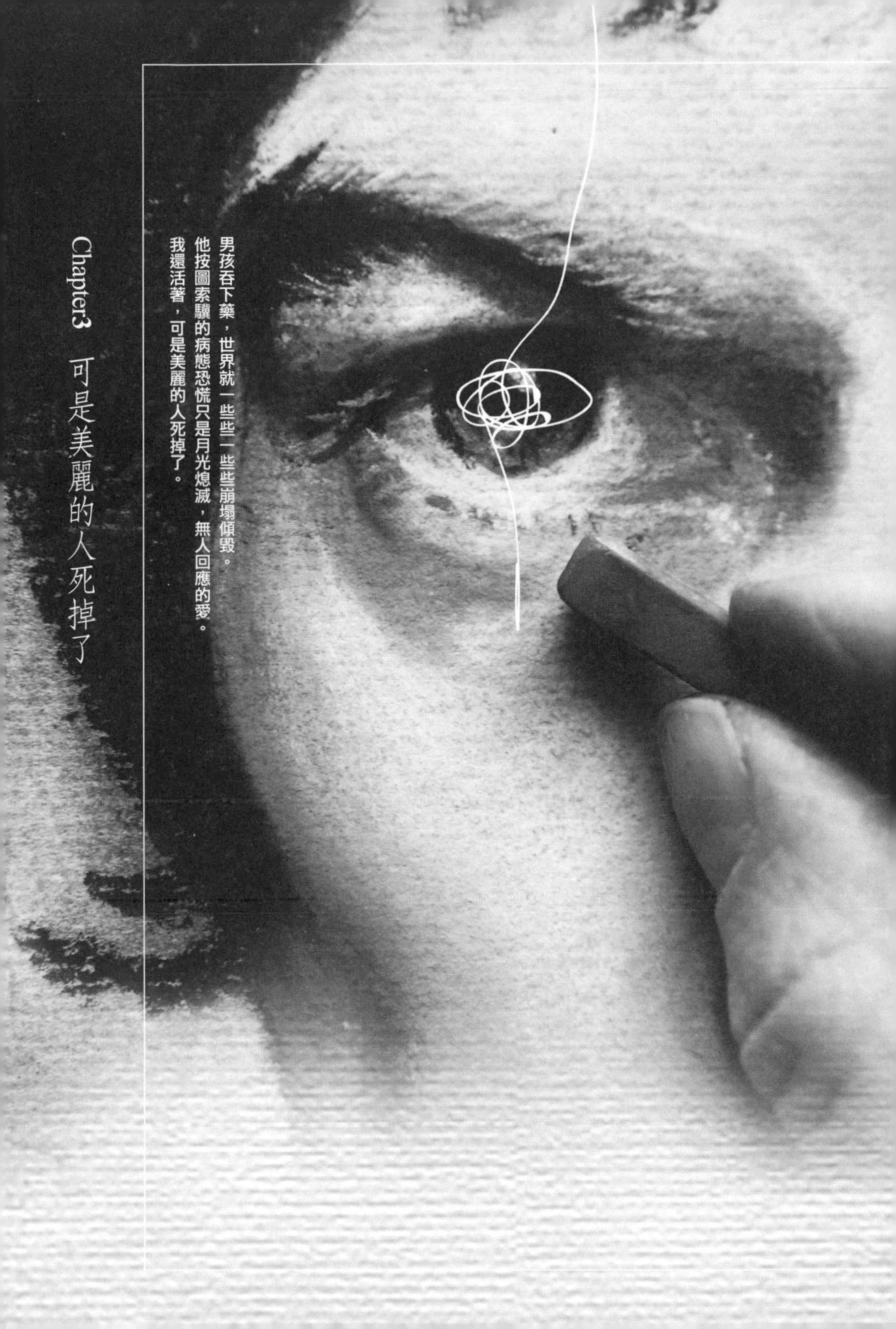

Chapter3 可是美麗的人死掉了

男孩吞下藥，世界就一些些一些些崩塌傾毀。
他按圖索驥的病態恐慌只是月光熄滅，無人回應的愛。
我還活著，可是美麗的人死掉了。

沒有你

沒有你，剛開始很混亂，我抱著馬桶將自己狼狽地吐得一乾二淨。
沒有你，我哭。
沒有你，我寫下好多字句。
沒有你，兩個枕頭的夜我只好失眠。
沒有你，我不聽歌也瘋狂聽歌。
沒有你，我熟悉於夜的城市。
沒有你，我漂浮。
沒有你，我等了好長好長好長好長好長的時間。
沒有你，我愛你。
沒有你，我開始試圖愛別人。

沒有你，我把求婚戒指藏起來。
沒有你，我過生活。
沒有你，我裝滿iPod。
沒有你，我看不起自己。
沒有你，我跟別人做愛，卻沒有一次忘記想起你。
沒有你，我跟別人好好做愛。
沒有你，我考上研究所。
沒有你，我回到忙碌的生活裡求生。
沒有你，我想念你。還有那一對翅膀。
沒有你，我依舊抽菸。
沒有你，我在健身房運動。
沒有你，我不想再找有才華的人在一起。
沒有你，我讀了好多遍《小王子》。
沒有你，我一個人搬出家裡。
沒有你，我養了一隻流浪狗。

沒有你，我一個人遛狗、吃飯、逛書店。
沒有你，我認識一些別的人。
沒有你，我跟別人分手。
沒有你，有人喜歡我，但不代表什麼。
沒有你，擁抱打五折。
沒有你，我去聽陳綺貞還有張懸唱歌。
沒有你，我有了旅行的意義。
沒有你，我晉升為有名片的人。
沒有你，我夢見你。很愉快的樣子。
沒有你，沒有你。
沒有你，我說服我自己沒有你。
沒有你，我終於知道沒有你。
沒有你，我的現在。
沒有你，一切沒有白費。
沒有你，都是有的。

沒有你，其實一直都有。

沒有你，聶魯達的詩裡說：不複雜也不傲慢還有什麼方式我不存在之處你也不存在，如此親密。

沒有你，原來你存在，我也存在。

沿海岸線寫詩

漁船晃晃蕩蕩，漂搖在輕藍海面，太陽初升，晃晃蕩蕩。

魚群未現蹤影，他伸足懶腰，裸著上身的黝黑是漁人象徵。小城嵌在海岸線上，擁有一顆寶石的光芒耀眼。他看得入迷，海浪輕輕撫觸島嶼邊緣，白色泡沫畫成圖裡溫柔花邊。

「來了。」掌舵人喊著。引擎起動，漁船靈巧得在水面痕跡尚未消逝前，就預知豐收的回航。

春雨還沒來的清晨，陽光正好曬暖一整季海風。

火車運來行李與我。你才剛醒，我於是在你屋外廊下等待。攤開地圖裡的斑斕色彩，看見河流於裡頭蜿蜒流動，緩緩穿梭小城，閃閃發亮。

佇候屋邊，我在紙上確認位置。你自屋裡出來，仍然戴著十九歲生日那天，我送的，親手塗鴉的紅色網帽。

鎖好門。

回過頭看你，你的笑意是大剌剌來回擺盪的鞦韆，從你那邊到我這裡，愉悅曲線攀上白雲飄浮的藍天。忽然，飛機剛剛越過。

有什麼在你慣有的隨興裡相互敲擊，清脆響亮得晶瑩剔透，你攤開我的手掌，雲下陰影裡我才看清楚銀光色的幾把鑰匙。

「這是你的。」你說，語氣裡隱著的興奮跳動不止。

這是你的小城，你的故鄉；這是往後，我們的家，我們的小城。

我們騎車切過市中心，背包客們正好醒來，緩步在房子與房子對望的巷弄之間探訪，小徑塗抹一層薄薄麵包香氣，來自他們邊走邊吃的悠閒。

沿海岸直走，我們與沙灘親密平行，一旁的酒吧忘了關燈，似睡未睡睜不開雙眼，狂歡後的倦意慵懶迷人。風裡有細碎哼歌的片段，你仍舊還未揭曉目的地。沒有盡頭的風景是一種美好，把所有經過都想像得感動萬分。

才思索著，我們的車便停了，在海濱公園外。

接連一些人走進公園。

兩個小孩，拗脾氣堅持要一人一邊幫媽媽提竹編的野餐籃；他與她並肩，沒有什麼芥蒂在彼此間，心貼著心；他穿著純白色短褲走來，一個人但並不寂寞。

「要開始了。」你牽起我的手。

空地上三三兩兩的人們，坐或躺著，只剩曬太陽是唯一的正事。你拉我坐下，我們靠得好近，近得僅能穿過微涼的風。

風起的時候，音樂便開始了。

空地舞台上，樂團在海浪節奏裡唱歌。女主唱的木吉他聲線是白雲邊緣軟綿綿的弧形，你為我摘了些，用海洋藍縫成枕頭，光天化日之下我們同床共枕。

你對我耳朵親密說話，在一個平凡無奇的小城下午。

那時候，我將以為自己是一枚筆劃仔細的繁體中文單字。跟你，跟他們，在春天剛來的海岸線上，被寫成一首美好生活的詩。

十九歲的你呀，我的戀人，生日快樂。在明天、明年，在我們能夠一直愛戀的未來裡，我這麼誠心誠意想像並且專注等待著，一個平凡無奇，沿海岸線寫詩的下午。

天真保留席

大學生來找我，傍晚雨水稍停的路面溼答答蒸開熱氣，我們在捷運上爭論文天祥的〈正氣歌〉內容，說起他自己參加指考的國文是頂標什麼的。

擁擠的捷運車廂，幾個歐巴桑找不到座位，染成金髮的女人狐臭與香水味同樣薰得人頭痛難忍。寬大明亮的空間裡，所有人填塞其中活像一串香腸，我貼他很近，聞著熟悉的味道，很淡很淡的，安全感。

而我想起的是，自己那年代的大學考試，還叫做聯考。

在書店裡躲雨，沒打算節能減碳的冷氣很強，我們靠得很緊，一副彷彿於雪地，還是什麼荒山遇難，等待救援一樣。百無聊賴，他開始一本一本數起來自己曾經讀過的書。

「喂，我看過這本、這本、這本，還有這本喔。」指著村上春樹的書，大學生一一點名。

我笑起來，一起加入愚蠢的遊戲，伸長手臂將吉本芭娜娜所有的書都給框進來，「從這裡——到——這裡。我都看過。」

「那不算啦。我不看她的書！」他拉著我繼續走，「這本書很好看，這本也是，這本這本，好好看喔。」

拿起《偷書賊》還有些激動，「超好看的，推薦！」

此舉竟然引起隔壁歐巴桑的共鳴，轉過身來，一起興奮地加入行列，對我熱情推薦。

「還有這本，我一邊讀一邊哭。」

「對啊，那本也是。」

我默默退出他們的讀書會，讓自己到寒冬裡求生存，遠遠還聽得見他們熱烈討論的聲音。大約讀完幾篇《道德經》，感覺自己的靈魂就要脫離身體那時，他過來尋我。

讀書會終於結束。

「那個媽媽值得你的誇獎。」他笑著，「她看超多書的耶！還參加自己社區的讀書會。」

「我有沒有誇獎，媽媽不在乎吧？」

「唉唷，你就誇獎一下人家。我媽都沒讀這麼多書。」

我在自己的二十九歲，遇見了大學生的十八歲。好像交往過，卻又沒有，流動的情感混著真實，並不曖昧。

剛認識那時，我們躺在同一張床上，他牢牢牽住我的手，對我說，早上起床時發現我們仍然牽著手，忽然他有種莫名其妙的感動，彷彿那一刻被完好地剪下來，貼在他人生的牆上。

夢想小小、小小的，很瑣碎，卻也很天真幸福的那種。

他的志願是我家附近大學的外文系，說好要騎腳踏車載我一同出門，一起回家。兩台iPod會有相同的歌曲，就不用再被我笑是什麼都沒聽過的俗氣鬼。心情不好時他要陪我散步，走長長的路，儘管他是羸弱少年愛腳痠。一起安住小小的屋子，我得幫他寫報告。

這些事最後當然全都沒有實現，那感覺卻彷彿曾經真實擁有過。天真、快樂，覺得可能，覺得世界真美好的那些單純期待。

鼻子貼著鼻子抱著，夜裡沒有燈。雨剛剛停。我們並沒有做愛，卻親暱地被溫柔環抱著。

有時候我會忘記這件事，以為自己就像是沒有人愛的小孩，沒有明天、沒有過去，全世界沒有人在乎我、愛我，願意給我一個擁抱。

「你要加油好不好？」他說：「不要一個人生活了啦，找個人喜歡啊。」

「為什麼？」我說。

「我覺得你很棒，很棒。」他說：「我覺得我不夠好，可是你很棒。」

我笑起來，「你想太多了。」

「我說真的。」他說。

我只能擁抱他，繼續牽著他的手。

隔天送大學生坐車回家，大包小包的。他是大學生了，可是看起來還是我當初認識的那個樣子：講電話的時候會怕媽媽發現謊言，早上誰也不肯先起床刷牙洗臉，覺得半糖烏龍綠茶是全世界最好喝的飲料。

覺得我是一個很棒的，總會實現夢想的創作人。

有些話我說不出口。

說過再見後，我傳給他簡訊，「親愛大學生，你的存在對我很重要，即使我們不那麼靠近熟悉。你是我生命裡最美好的幾件事之一，笑（kiss and hug）」

他是我的天真保留席，保留美好世界的曾經天真。

奔跑之城

後來，我就很少奔跑了。

H，你還會像小朋友那樣，興高采烈地奔跑嗎？童年時我好像總在奔跑，雙腳從不曾同時靜止在地面上。左腳右腳，拳頭緊握，忙著校園裡的踢罐子抓鬼、躲避老來尋麻煩的老師、放學迫不及待奔進涼水店裡赴初戀約會、餓肚子躍上餐桌等晚餐開動。

那時候的盼望，是種輕而易舉就能夠表達、滿足的實現。

只可惜漸漸在毫無道理的旋轉世界裡總是失落，悄悄長大之後，我的雙腳就靜止下來，習慣停在同一個位置上，冷眼觀看所有活動。

遊戲的規則好像是這樣的，如果越顯出期待的樣子，那渴望滿足的專注越是擴大成一個填不滿，又掩不住的黑洞。一旦自己鬆懈下來，稍稍顯露出想望的示弱，我所想要的就離自己更加遙遠一些。

你應該也懂得這樣的練習吧，親愛的H？我要自己堅強，就算得以刻意的冷漠無情來面對所有熱情，就算最後只剩下一個人的孤單，也沒有關係。我已經厭倦落空的軟弱了。

因為幾次失戀，我才賭氣飛往香港的。經過一次、兩次、好幾次的約定，從自己青黃不接的少年時期，到現在人生一半的三十歲，還是沒能有個戀人同我一塊兒到達。

那一天，我收到已分手戀人的信。我們失去聯繫很久，他自香港捎來旅行明信片，只是單純問候，他記得我們曾經的約定，雖然最後他仍是與我失約人們其中的一個。

我以為自己應該激動，或引起什麼溫柔的其他感觸，卻竟一點兒想法也沒有，我已經練習了很久的無情在這時候完全成功，反倒開心不起來，像接下挑戰書急忙出招，卻不知從何處開始反擊，無能為力。

你說，香港的雨季總在夏日某一天就莫名其妙忽然開始。雨季的香港，包容我胡亂的衝動。既沒有事前計畫，也沒有旅遊書指引，跟誰鬧脾氣似地自暴自棄，我獨自一人什麼也沒準備就飛到香港來。

雨季中的香港是灰色的，像一層很薄很薄的漆沾附於每個角落。山坡上一把一把插著的高樓外牆上頭；行人穿越的綠燈警示聲線裡；悶著汗球鞋沾溼的地鐵行駛中；茶餐廳的叉燒包上、迪士尼漫長排隊的長龍邊、龜苓膏芝麻糊在女人街在H&M在星光大道，以及所有於其上活動的人群裡。

前一天還扎眼的晴空萬里、LV的淺綠色男裝背心、Jimmy Choo新一季高跟鞋、紅通通的Prada限量側背包……，所有光鮮亮麗的名牌行頭，雨季一來就再也不出現。

這城市流行的漂亮色調輕易便在傾盆大雨底下消溶，混成滿地灰黑，像一灘怎麼也乾不了的爛泥。

所有人在雨季裡，都成了單一而無害，一點一點的灰色。深灰點，或是淺灰點。

如果我不是按著旅遊書上的介紹走進海安咖啡，跟你在客滿人潮裡併桌同吃早餐，我不曉得還有沒有機會沉默地認識別的香港人，畢竟雨季裡所有人在我看來都只是一粒一粒的灰點。

你不是旅遊書上寫的那種香港人，這讓我有些好奇。

自我踏上香港後，所有東西都變得小不啦嘰。馬路很小。迪士尼很小。找不到空地，屋子很小卻疊得老高，驚心動魄。時間很小，所有人在上頭發了狂向前奔跑。人的心眼好像也很小，沒什麼懂得保持距離的禮貌，老是有人緊緊跟在自己屁股後面，等著踩到我的鞋跟，然後一句對不住也不說，狠狠睥睨一眼嫌擋路礙事，又急急忙忙走人。

你倒是很悠閒，穿著普通甚至稱不上品味，曬得烏漆抹黑。在我的旅遊地圖上把路線畫得亂七八糟，弄得我自己連怎麼回飯店的路都認不出來。

「我帶你去地鐵站吧。」你搔搔頭像表示歉意，生澀的中文。

如果那時候我斷然拒絕你的好意，我對香港的記憶，會不會只有一陣一陣的雨，以及路上茫茫然流動的灰點呢？

你牽出自己歷經歲月的腳踏車準備載我，一邊鬆綁開剛剛送完貨的空塑膠籮筐。你是市場上幫忙運送雞蛋、蔬菜、雜貨到店裡的送貨員。

天呀！你應該也感受到我心裡的震撼才是，從你臉上顯露出的尷尬神情，以及後來略略的退縮。你大概誤會了，親愛的H，能與你一起玩我從來沒有不舒服的感覺，那震撼只是：這可是我在電影《甜蜜蜜》裡才看得見，黎明騎的那輛腳踏車呢！

我在香港市區那幾天，也還沒見過其他腳踏車出現馬路上。

雨水初歇的道路上我們共騎，街頭風景自你的背影邊穿梭而出。風吹起來，城市就不悶了，水氣裹在身體上，涼涼的，很溫柔的感覺。神奇的是，我不再如此忿怒注視香港，彷彿找到平心靜氣的理由，就算沒有約定的戀人一起來到，仍舊會有好事發生的傻勁。

不知怎麼的，後來你就成為我的嚮導，這樣的好意帶著濃厚曖昧，不過我們都不急著掀開祕密，懷抱隱密卻又相通的期待。

你特別鍾愛中環，香港最早發展的地區，也是你活了大半生命的地方。我們坐上輕軌，叮叮噹噹。快餐店裡用筷子拚命似地攪碎檸檬片，為一杯好喝的凍檸茶。在你相熟的店裡，幫我弄盤燒鵝、叉燒、臘腸滿佈，菜單上找不到的特製快餐。

我一直沒有機會問你，究竟我曾經做過什麼，或是哪一點，讓你願意如此與我相親？我默默收下這些好意，並不打算回報，因為知道自己無法回報。

香港與台灣的距離有多遠？飛機最短的航程，車行卻遠遠無法到達。一片蔚藍，無盡海水飄搖分隔兩頭的小島。我不會對你認真，如果這真的是我自己所察覺到那個樣子的情感發展，你也不該認真。

「來香港怎能不來茶餐廳？」你好容易才勸我在人滿為患的蓮香樓多等一會兒。

我在香港的最後一天只想安靜跟你一起走點兒路，到哪裡看看；你卻花一下午放我擠在桌邊，一個人在餐車邊衝鋒陷陣，等總也不來的叉燒包。

在海港邊無味地看完黃昏粉紅色天空，我依舊毫無理由地生著悶氣，你只好送我回飯店搭機場的接駁車。我也不懂自己的情緒。我甚至不懂你啊，卻已經開始捨不得你了。

我們唯一的身體接觸，是車邊告別的擁抱，那溫柔彷彿會吃人，一口就吃掉所有防備，讓人懦弱地失去堅持。你揮手告別的樣子，留戀得好像轉過身就到世界末日，再也無法碰面。

因為失戀我才決定來香港，卻帶了更深邃無解的情感困擾離開這裡。

「Hey！」你第一次對我講起粵語，用自己慣用的語言，「假如你想我飛去台灣，我會。」

雨又開始下了。勉強擠出自己也不懂的笑容，隔著短短的距離，顧左右而言他，「你那麼窮，先好好存錢吧。」

我終究無法在當下回應你的情感，因為我根本不知道要怎麼回應。就這樣，在等待搭機回台灣的時間，我就這樣一直一直想著，被漫長的運送帶無感地向前推移。

你，親愛的H，我忽然心疼地想起，你永遠也不可能懂得我對你的感覺了。

可是，我卻好希望能讓你知道。告訴你，我自己也懂得這全部的相處，只是恐懼令人軟弱，距離讓人卻步。我奔跑下運送帶找公共電話，翻遍身上的零錢，氣喘吁吁撥通電話，深呼吸，用你的語言說話，「喂！你……中……意……我嗎？」

我好像聽見那一頭你的驚訝，當然還有笑得不知所措的回答：「嗯。」

後來究竟會是什麼樣子呢？說再見後，我想破腦袋也沒有答案，大概情感的事，從來也不是一個人造成的結果，多想無益。

於是我再一次坐上飛機，飛向你的城市而來。親愛的H，我只是想要再一次體會奔跑起來的感覺，風吹動過耳，帶上想望，向你而來，像童年時候，單純的，一點兒也不複雜地反應。

先不要管，等在後頭的究竟是什麼，畢竟香港雖小，卻是適合奔跑的城市。關於你的故事，以及經歷過的風景，我想在飛機降落之後，雨季結束的鮮明色彩裡，再好好旅行一趟。

末日來臨，我們擁抱

醒來時，發現整座城市只剩下自己一個人。

遠方，巨大的廣播聲在黑夜裡隆隆作響，狂風般將原本的安靜襲捲得驚心動魄，我慌亂坐起身，仔細聆聽，聆聽碎裂了，片斷的聲音——緊急通報……疏散……危急……逃離……疏散……疏散……

翻身下床，找自己的手機，半夜兩點，沒有任何異樣訊息或來電。我靠近窗邊，廣播聲響仍持續不斷播送，街燈暈黃的馬路上人車消失無蹤，所有活動、聲響都失去痕跡，連風都停止移動。

我才忽然覺得驚慌，發生什麼事？人都到哪裡去了？這世界只剩下我自己一個人嗎？

世界末日了嗎？我該做什麼？往哪裡去？

你呢？你還好嗎？

臨睡前才親密地說過電話。

我終於把累積了一個禮拜的髒衣服洗好，你的內褲我的衣服排排晾在衣架上作伴。知道你喜歡，出門遠足的好友送來滿滿一盒親手採的草莓，電話這頭，我一邊嘖嘖吃將起來向你炫耀，一邊祕密地將最大顆，肥嘟嘟的豔紅草莓，一顆顆擺到製冰盒，冷凍著，等待下次你前來找我。

看電影的人還是那麼多，你抱怨午夜場顧客蜂擁而至，忙碌不堪，卻又驕傲地說今天爆米花套餐自己的業績最好。

「辛苦了。」我說。

「誰教我是銷售第一名呢？」冷天時，你說話便開始帶點兒鼻音，像小朋友黏黏稠稠的語調。

「不就是賣電影票嘛，幹嘛那麼驕傲！什麼時候要來找我？」

「星期五吧。我早班，下班後大概七、八點就能搭上火車。」

「還有好久。」

「懶得理你，你都幾歲了！」我想像著電話那頭你偷笑的模樣。

你總是不說肉麻的話。相較之下，在相愛以後，反倒是我越來越擅長在表面冷靜的語氣裡，說上一大堆噁心巴啦的情話。

「好喜歡你。」

「嗯。」

「你沒說！」

「你很煩耶！我同事都在。」

你不說，可是我明白。每一次，你搭上兩個小時路程的火車，來到我住的城市，我們會在快打烊的居酒屋吃美味的雞肉串燒，同喝一瓶啤酒，聽你說好多生活的感想。騎車攀抱時，你會擠著我小腹上的肌肉（肥油？），靠近耳邊戲謔嘲笑，「這是什麼？」我們在電梯裡擁抱、親吻，在我冰涼的雙人床上熱烈做愛。熟睡時，靠近我的胸膛，成為覆蓋你的被子。

因為這些事，所以我明白。明白，我們互相愛戀著，彷彿沒有盡頭一樣。

來不及思考，會不會有一天，這些就將全部消失？

緊急通報。這世界末日來臨，毀滅之際，我們卻分隔兩地。此刻，自己竟深深感到恐懼，害怕從此失去。我緊握電話想找尋你的號碼，一個數字一個數字地按，才想起深夜時你是不開手機的。那麼，我們真的就將以這樣莫名其妙的方式，遺失對方了嗎？

驀然，徘徊於黑夜的通報聲響逕自停止，好沉默，好沉默。我不自覺屏住呼吸，毀滅了嗎？所有的一切，只剩下我自己了嗎？

嘩——，隱隱約約響起抽水馬桶的聲音，是隔壁鄰居。

原來還在，大家都仍在自己的屋子裡，睡覺、熬夜、尿尿……。不知道為什麼眼眶溼溼的，軟弱地鬆了一口氣，才發現自己顫抖得好厲害。爬回冰涼的床，蓋好棉被，打好簡訊送出，等你明早一開機便能收到。

然後夢就醒了。

醒來發現你還在我懷裡熟睡，放鬆無憂的臉龐輕輕發熱。忍不住俯身親吻你的唇，小心翼翼的溫柔。

「嗯？」你醒過來。

「欸，寶貝，要世界末日了！」我說。

「什麼？」你睜開眼，一臉疑惑。

「世界末日來了，陪我去吃早餐好不好？」

這下子，你完全清醒過來，拍拍我的臉頰，「你睡傻了你。」

睡衣短褲的我們穿上溫暖的羽絨外套，不急不緩，手牽手自路燈熄滅的大路彎進清晨欲醒的灰色小巷，整條巷子因為盡頭的早餐店，滿溢出烤吐司與煎蛋的香氣飄浮。

我們並肩安坐，你是法國吐司與冰咖啡，我是蛋餅與熱奶茶。太陽剝開冬日雲霧，斜斜地照進廊下，乳白色混著灰塵的光芒，類似奶茶的顏色，甜甜的，很溫暖的模樣。

我閉上眼睛，聽見城市醒過來的聲音。紅綠燈變換，摩托車駛動，汽車引擎運轉，新球鞋摩擦地面，人們說話，斑鳩在屋簷飛動，你咬下一口吐司……，原來世界是這個模樣。

我笑起來。

「喂，不是世界末日了嗎？」你不明所以卻跟著笑。

我點點頭。

「那你要怎麼辦？」

趁沒有人注意，我偏過頭輕輕吻過你發熱的嘴唇，跟日光同樣甜膩，在耳邊低聲說：「末日來臨，可是我們還在一起，我有什麼好怕的？」

橘子

下午茶休息時間，新來的工讀生向我們提起當兵時與曖昧對象相處，火辣辣的情色故事。無人通鋪一角手忙腳亂地親親摸摸；嚴肅守夜站哨心慌意亂地「手口」服務，這是他模糊不清的初戀。明明說到認真處，我們卻相當不尊重地不斷放聲大笑。

「摩托車就停在屈臣氏門口。我叫他去買，他就不要。」工讀生很認真抱怨起那次放假就要發生的第一次，「保險套跟KY本來就應該他準備呀。什麼叫『怕別人以為我是Gay』！」

「他是異男？」

「反正退伍就分手了，他還是覺得女朋友比較好。」

「他很帥嗎？」

「人家說他長得很搞笑。」

轉述給衝浪客聽時，我依然無法克制笑意。我們正在前往墾丁的車行上，小貨車是情商老爸休假一天借來的，衝浪客的昂貴衝浪板就綁在後頭，平常堆滿罐裝飲料紙箱的車斗亂七八糟纏著白色童軍繩。我沒有將衝浪客搖醒，放任他錯過自己瑣碎生活的一段樂事，以及夏日剛來，彎起弧線於海邊閃閃發光的公路。

海洋仍是海洋的樣子。正午的淺藍波浪小小的，mini size，漫散開視線可及的整片水面，像誰信手玩鬧撒落的沙，不規則地於風底下搖晃，平坦遼闊的土地上漁船成島，無人島的風景正好遠足。比較起陸地生活的不完美，赤腳走到細碎波浪上頭散步怎麼忽然踏實多了。

衝浪客還散步嗎？我偏過頭看他熟睡的模樣，累壞般的安靜。

像每一次做愛後我們彼此的疲倦。

我與衝浪客在毛毛細雨冷冽的台北街頭第一次見面。那時正看完一場舞台劇，準備搭車回高雄當下我想起他，我們已經半交往地在網路上曖昧了好一段時間。網路交友這種事有點類似高科技遠距相親，我閱讀了誰的自我介紹，覺得哪些字眼很性感，問對方喜不喜歡小王子與玫瑰；誰看了我的照片，發現修過片的手臂很粗壯，試探言語之後問我是top還是bottom。私人留言像是網路拍賣上的買、賣問答集，一切滿意就趕緊下標，大功告成等著當面交貨，而做愛應該就是所謂的貨到付款吧。物慾消費解決寂寞人生。

我想，自己與衝浪客之所以會斷斷續續一直牽連不休，大概要歸結於我們沒有在第一次見面就把帳款結清。

燈河不再流動的街頭，我們肩並肩在咖啡店喝光飽足的溫暖，走進雨夜裡散步，從東區沿筆直的忠孝東路一直走，緩慢的，一把傘地行走。恍惚錯覺時，會以為我們正在人人都已躲離的空城中倚靠天真相互作伴，水花自腳邊爆開，我將腳步放得更慢，然後停下來，看著他的背影，忽然有種捨不得時間繼續往前移動的珍惜。

「你……你走這麼快，我怎麼牽你的手？」我說。

他回頭朝我笑的那風景，成為我們真實戀愛的第一幕。他前來陪我散步一段，送我搭車回家，告別時，我們擁抱，輕輕地，趁無人空檔在我臉頰上吻過，那溫度千真萬確。

那溫度千真萬確，只是不僅僅給我。

衝浪客太好看了，美好笑容勻稱身材，陽光下衝浪曬出性感古銅……擁有令我迷戀、瘋狂的煽動青春，於是他跟其他活動於絢爛夜生活的年輕人一樣，沒有辦法專注喜歡一個人。他有太多曖昧，以及分享身體的伴侶，他的衝浪教練、他的藥頭老大、他的朋友的朋友⋯⋯，在我不在台北，不在身邊的時候，過他一樣的生活。

明明我知道，卻也仍是安於這幾分之幾的愛情，是因為對自己外表的自卑？是因為其實我也虎視眈眈其他可能？或者，因為我懂自己曾經很愛很愛一個人，最後竟然還是分開了，所以已經不怎麼在乎了？

因為曾經有一顆魔術師的橘子？

朋友的朋友介紹魔術師讓我認識。魔術師的職業並非魔術師，但那些魔幻場景卻都是真的。原本只是交個朋友，我們卻在第一天就爬上了旅館的純白大床玩遊戲。一起躺進熱氣氤氳的浴缸裡身體貼著身體，他向我學了如何將菸吸進肺裡再吐出來的魔術。

我們牽手走出旅館去找宵夜。

關東煮攤販昏暗的黃色燈光在風裡搖晃，帶了點兒懷舊氣味。魔術師與我躲在屋簷下的兩張紅色塑膠椅上，端起大盤子吃食，攤子原本沒有座位，椅子是特別情商老闆借來的。因為貪圖熱湯蒸騰冷夜空氣的氛圍，我們決定來吃關東煮。

客人們稀稀落落來了又去，黑夜是一枚洞穴，乾乾淨淨，只剩下「沙⋯⋯沙沙⋯⋯」老闆那接收不良收音機的聲響。

魔術師吃東西的時候不太說話，專注得像祕密祭祀的過程——把食物獻給身體裡的五臟六腑，以幾乎旁若無人的虔誠。光是單純看著他吃東西，就讓人產生莫名其妙的安心感，知道身邊這個人正真實存在，可以觸摸、依靠，能夠感受體溫，坐在魔術師旁邊，我好像也從茫茫不知所措的世界裡找到位置。千真萬確了解原來自己正活生生的存在，誰也忽略不了。

自己一向沒有什麼活著的感覺，薄弱的存在感讓我覺得自己已經到了類似多餘的地步，當然，我並不是那種會讓腦子團團轉，想不開而自我了斷的類型。我只是活著，無所謂的活在世界上。

我離魔術師更近一些，仔細在暈黃燈下觀察他的側臉，鼻子的弧線，咀嚼時張開嘴送進食物，牽動臉頰上的肌肉，吞嚥下去，經過喉嚨，喉結提升又降回原位，然後，進入他發熱的身體，變化成血液肌肉，或其他令魔術師存在的組合原因。

「會冷嗎？」魔術師偏著頭看我，瞇起眼，微笑很狡猾。右手搭上我的肩，摟得更緊一些，接著把筷子咬在嘴邊，含糊不清，「給你一個禮物。」

邊說著，他已經將手伸進襯衫單薄口袋中，輕巧地不知由哪裡變出一顆油光水滑的橙色橘子，空氣裡驀然擴散開酸甜的氣味，柔柔包圍住兩人。

「哇！好厲害。」我驚訝，「謝謝。」

「這就是能耐。」魔術師的語氣顯得很驕傲。

因為魔術師存在著，緊靠他，彷彿我也有了光，不至於卑劣到被趕出這個世界之外。剝開那顆橘子，太陽般的顏色酸得讓眼睛發澀，潮潮的溼意，我從不曾如此，渴望跟一個人好好在一起過生活。

雖然早知道我們這種人最後誰都仍舊只會一個人。

粗魯搖醒衝浪客，讓他睡眼惺忪地提著行李跟我一起進民宿check in。三樓房間落地窗一打開便是衝浪、戲水人潮滿佈的南灣海灘。分給我一枚親吻後，衝浪客又自顧自地躺上床休息。我走上陽台抽菸，快黃昏的風景變成油畫表面浮浮稠稠，結塊的顏色，所有聲音貼著地面傳動無法昇華，像淺薄的霧讓光給不斷抵消，一大塊光由屋簷切掉的斷面曬到身上，明明是很寂寞的場景，自己卻不專心，或者我心底感受到的寂寞，並不來自現在的一切。我總錯覺以為，衝浪客只有清醒時才是屬於我的，但也可能其實我是清醒的藥，解他於迷幻難懂的放縱好夢裡。

台北的衝浪客跟我身邊這一位很不一樣，我不在他身邊時，他就在搖頭丸以及其他男人的身上。

幽暗房屋裡透著腥臊的情慾，吞下藥，跟著紅色小夜燈，以及沉悶、猛烈的重低音，在幾十具赤裸身體上來回撫弄、吸吮、穿越、高潮、歇息。躺臥於流著汗跳動熱烈的胸膛上，愛撫另一個陌生人的結實屁股，飄飄然等著什麼人輕柔打開他的大腿。

來高雄找我往墾丁度假的前一晚，他才在藥頭老大的內褲趴上「性」高采烈，快感頂天而已。一顆藥丸在身體裡發酵後，衝浪客為虔誠舔舐他身體的人們獻出無限情意。

我知道這些事，不過從來不曾發表意見。我只在乎他有沒有戴保險套，有留下傷口嗎？記得定時檢測愛滋。當他不避諱地轉述夜裡那些神魂顛倒的情節時，我竟一點兒也不嫉妒。為什麼？我不是正在跟他交往嗎？

彷彿我只想擁有他的身體，並不在乎他的靈魂流落何方，所以並不嫉妒，一點兒也不在乎。

那天午茶結束，我們嘻嘻鬧鬧再度各自返回工作崗位，工讀生的位置在我隔壁，忍不住好奇，我繼續追究他與異男之後的事，帶點兒戲謔的嘲弄。對我來說，工讀生的初戀不過是一場美麗又可笑的誤會，彷彿不論是誰，成長到某個年紀之後，不管曾經對情感有過什麼樣的堅持、夢想、期待，都將因為走到這個邊界而顯得模糊不清，接著狠狠清醒（？）過來，認知無聊天真原來恍如好夢。

工讀生在我咄咄逼人追問之下，斷斷續續說了更多的事，以及退伍後兩人最後一次見面的難堪。

「你還想念他呀？」我一邊笑著，同時發現自己竟然毫不留情就能殘忍、用力地扒開他的傷口。

驀然，工讀生眼淚滴哩答啦掉了下來。我一張張遞紙巾、說抱歉，看他哀傷的臉在往日戀愛裡染著一層薄薄的，幸福的色調，雖然已經褪色，卻仍是泛黃相片那樣子的眷念情感。

「我才想哭呢！」看著工讀生，我不禁在內心吶喊。

長大後，在我們的世界裡，越想要單純愛一個人，就得越努力假裝並不愛他——因為擁有的東西總會自手中走漏，所以我們小心翼翼假裝從來不曾擁有對方，至少，接通電話之後，自己假裝不愛的那個人會在。

假裝不愛，自以為愛就將能一直延續下去。

悲傷的是，故事卻仍然於某天自顧自地結束，而我們甚至沒有愛過的記憶。久了，就再也不懂怎麼跟一個人一起擁抱、戀愛，搞不清楚自己正在做愛的對象佔了心裡什麼位置，或者其實根本無所謂。

挖醒衝浪客吃晚餐，在酒吧喝下幾杯，看他與其他類似氣質的好看人們眼光往來交疊，織著一張似有若無的大網，越張越大，只有我不在裡頭。一口氣喝光，我將衝浪客推出酒吧，推上大床。

衝浪客拉緊窗簾，神經質地將所有可能透進光芒的窗口、門縫全都用毛巾、衣服遮蔽起來，只留下那盞煥發橘子光芒的床頭燈，類似日出前霧開的黃。

轉開電音，他在桌邊吸了什麼，接著自顧自地搖擺起來，赤裸發熱，我清醒地看見一切，慾望很慢很慢地燃起。

幾分鐘後衝浪客俯身上床，壓在我身上，眼睛笑得好甜蜜，卻彷彿不認識我，攤開手有隻粉紅色蝴蝶飛舞，他輕輕咬了一半，吞下，親吻過後，張開我的嘴，將剩下半面翅膀的蝴蝶送進我的身體裡。

三十分鐘後，電音載衝浪客飛到另一個沒有任何人的世界，我血液裡那隻折翼的蝴蝶卻始終沒有拍動，我了解自己，甚至沒辦法勃起。心臟脫離自己的身體在色情房間裡瘋癲跳動、彈射，接收到的每點聲音都響成驚心動魄的雷。

束手無策，我只好等著，等一切安靜下來。

「你在做什麼？」我問。

「無聊沒事，準備睡覺。」他回答。

「你有在海灘上做過愛嗎？」

「沒有。你在哪裡？」

「墾丁。脫掉你的衣服。」我調整慾望的口氣，「我正在吻你的……」

衝浪客睡著之後，我悄悄離開房間走來海灘。不是應該要感到寂寞才對嗎？明明緊緊貼在一塊兒的身體卻處於不同時空，各自心懷感受，不該寂寞嗎？不該寂寞而又無比悲傷嗎？

我卻毫不滯礙，轉身離開房間，撥通電話，轉向另一個人，上班族。他的呼吸在話筒邊性感地喘，在自己耳邊沿著柔軟的迴旋摩擦，他精於挑弄的情慾魔術。

上班族像自己於網路上豢養的一隻可愛小犬，朝九晚五，生活的主要起伏是偶爾加班，以及跟我電話做愛。我們甚至不曾見過面，陌生，卻又親密得一覽無遺的彼此，以視訊，在身體碰觸之外，使盡所有虛擬迷戀，痛快，沒有關係地一起放蕩。

我跟上班族以這樣的迷幻的方式，眷戀對方的陰影。而我想起，最後我們這夥兒人都將只會剩孤單，原來，真的沒有什麼大不了。

其實我們也不算相愛，因為從來沒有人開口為（要）彼此證明過。對另外一個伴侶發倦的時候，魔術師便來找我，做愛，或僅是好好作伴；偶爾，他帶來一張好聽的唱片，雙人床漂蕩於波浪小小的黑夜，我們寧靜並躺分享同一對耳機，等在天亮之前愉快熟睡。

那時候離開，魔術師沒多說什麼，自MSN上消失、不接電話、沒有簡訊，他只是想要離開罷了；於是我默默學會像聰明懂事的成熟大人，停止等待深夜有人按電鈴，停止追究這些事件的所有可能。

我長大了啊，我知道。所以已經逼不得已學會好多事，學會不追究一起分享衝浪客身體的那些人；學會轉身離開房間，撥通電話，跟上班族延續情慾；學會羨慕，羨慕工讀生的愚蠢悲傷；學會，將那顆橘子當成一場難忘的魔術表演。

只是仍禁不住會想——假如等到日出，伸長手將橙色太陽摘下，剝開之後，裡頭會不會也是一樣酸澀，引人湧起美好欲淚的潮潮感觸。

我想為你寫一首詩

之一。孤獨

你知道我崇拜的那個搖滾女歌手舉辦大型演唱會了。

一個人，我獨自在因為首賣日而塞車的網路上搶一張搖滾區門票；一個人，我獨自努力工作，同時默默期待日子來到；一個人，我獨自在擁擠人潮中，略帶恐慌地排隊進場，找自己的位置；一個人，我獨自在開場的激動裡紅了眼眶，又擦掉眼淚；一個人，我獨自在安可時戴起有太陽貼紙的安全帽，大聲合唱。

當那首歌開始唱起，我竟不由自主考慮起是否撥通電話與你一起聆聽，最後終究沒能（是的，早在那天自己就已刪除你的號碼以及所有）。歌結束，像你跟我曾經一起過生活的樣子，唱完了就消失了，不在了。

剩我一個人，剩你一個人。

演唱會結束，我沿著長長的，打烊休息的黯夜徒步兩個小時，回家。當路燈曬上行道樹，荒涼影子灑落自己正踏上的路，我抬頭看著黑色天空，那時候你手心仍瑟縮在我口袋裡的溫度，為什麼會怎樣都想不起來了呢？

這樣的孤獨該如何忍受？

之二。懸浮

老哥的朋友V遷居到我住的城裡來。他還沒找到工作，而我自己正因倦怠剛剛才辭職，「無業遊民」共有的憤世與消極讓我們立刻就成為好朋友。

常常，我們聊起關於愛情的兩三件事。失業把時間變得無日無夜，類似懸浮，我們懸浮於水一般搖晃的空間與情緒之中，不著邊際，不懂有沒有靜止沉澱的可能。會不會，一下子就一輩子了？

那天，在那個寂寞的深夜裡，在廢棄，失去移動能力的鐵軌邊，我跟V排排坐。因為聽見什麼歌的緣故，他說起目前為止，這輩子最愛的一個人，我也說起自己的——他擁抱他，在夜裡驅趕憂鬱症的驚慌哭泣；而我，每次見面都寫一封情書，趁你熟睡後偷偷放進背包，等你離開，發現，而後打電話給我。

是的，是你，與你有關。

夜晚雲很濃，沒有光，隱隱車燈於遠方流動，竟然，你與V的最愛都一起出現了，跟我們隔著車軌，短短距離遙遙相望。

「這是他。」我指著你，轉過頭對V說。

驀然我發現，還相愛時我們不也是無日無夜地懸浮著，卻那麼開心。

之三。無用

我很想為你寫一首詩，可是不要在你離開的當下完成，所以熬著、熬著，假裝沒有這一回事。沒有數日子，甚至已經不太記得從什麼時候起，你選擇再不跟我來往。

在我過往可數的戀人中，你是唯一一個不在乎我寫了什麼詩的人。我們不讀相同類型的書、不曾一起看電影，不過相似的生活，有時候我還一邊陪著看「小魔女DoReMi」第幾百次重播，一邊恥笑你。

在我的電腦裡灌我自己玩不來的網路遊戲，哼我怎麼樣都聽不懂的歌，如同我所做的，你可能也從未曾能夠了解；現在回想起來，我們就僅是很深地擁抱，很甜膩地親吻，愉快得就要失去極限般地在一起而已。

你離開了，朋友問過得好嗎？我倒是笑得挺陽光。說開心太矯情，我只是笑著，「沒事！沒事！」就這樣相安無事，刻意忽略了想念，還默默經歷一場痛苦萬分的腸胃炎。

怎麼一直記得分手隔天那場已排定的旅行？在異國擁擠熱鬧的夜市場，陌生的，人來人往悶熱不堪的氛圍困惑我，彷彿自己將永遠走不出去似地迷了路，再也走不近你身邊。我停下來深呼吸，深深呼吸，卻一不注意就把這些軟弱祕密都煽情地哭了出來。

其實我也不是那麼乾脆，其實我也想要奇蹟，其實我還想要繼續努力。騎車的時候、聽**iPod**的時候、吃一碗麵的時候，走路抽菸呼吸搭電梯，總要忍不住這樣揣想——「我有這麼不值得嗎？」

我既虛偽、軟弱，又惹人厭，還欺騙朋友們說自己很好。

我很想念你，我想要寫一首詩送給你，可是你不讀詩，就像你並不需要我。無用武之地，那也只是多餘罷了。

之四。失眠

其實真的沒有想要跟你說什麼。夜裡失眠才坐在電腦前面，一個字一個字地拼湊一封信，只是想要寫一封信給你而已。

一種習慣。

我當然懂得，這封信並非寫給在真實世界中生活的你，而是為了那個還在自己心底遊晃的你寫的。盡情感受放縱，讓你還存在的樣子於我真實生活中自由喧鬧。

請不要誤會了，不是我正期待你心回意轉，也不想為愛情死去活來。一段感情的開始與結束，當然會為自己帶來困擾，但那也只是因為我太習慣將愛情過程解析成一段、一段的感受與觀想，必須整理清楚才能解除困惑。

因為困惑，所以還在原地反覆思想那些得到與失去之間的模糊；因為我宣告結束的方式與你不同。

這讓我想起大學時代趕場看電影的活動。一整天甚至一整個星期，自己穿梭於西門町各個戲院趕場各式影展，一段戀情結束大抵也就是一場電影散場，走出戲院陽光正大，曬得自己睜不開眼，而腦子裡還盤踞剛剛電影情節的運鏡、哲理、情感，像現在這一段時間我自己的恍惚。

但是下一場的票已經買好，電影也即將上演，我只好一邊奔跑，一邊在腦子裡寫下對電影的感想之後，才能安心繼續下一場電影開場。如此而已。

因為對你太認真，對自己太目盲，所以竟然忽略了其實我一直被你忽略。你根本看不見我。我曾那麼專注地看著你，自己卻再也不在你的視線裡頭。

所以，我無能為力，是吧？

之五。然後

「我們要一直在一起，直到不能再在一起。」相遇那時，寂寞的我曾如此對孤獨的你說。

一個人的終點是兩個人，還是沒有人？

然後，我作了一個夢，我夢見你，原來已經繞回迴圈的原點了嗎？

夢的場景是一家K書中心，手持攝影風格的影像晃動。天黑了，我識途老馬一般走進店裡，坐在你的面前，你正讀書。

我們相視笑了，可能我也低聲說了什麼有趣的事。

「送你回家吧。」我說。

「好。」你回答。

我們走進夜的小巷和著銀白色的路燈。兩個人隔著一小段距離，戀愛初期那種矜持尷尬，可是很甜美，你跟我都笑著很開心，沒見過的那種笑容。一路笑著，後來你的手碰到我的，停留一會兒又縮回去，更後來，我伸手牽住你的，往回家的路上走去。

夢醒來。我才恍然大悟，現實生活裡的你與我，其實就是缺少了這塊片段，太急著想要在一起，太急著分享什麼，太急著藉對方逃避自身的孤獨，我連你的笑容都記不起來。這麼說來，離開了也好。也許，有一個人可以讓你擁有那樣的笑容，在我看來那就會是一種幸運了吧。

偶爾自己還是會想起你。不過那些片段太瑣碎，只剩下一些頹敗枯萎的荒涼。我問自己，不會就將以這樣的心事記得你一輩子了吧？

還是有一天……

看見，看不見

「我厭倦你了。」

你面無表情地貼近我的耳朵，吐氣吸氣，說話。很輕很輕的聲線，但我還是聽見了。

我假裝因夢魘而翻離你的身體，朝床的邊緣蜷起身體。寒冷彷彿沾上膠水緊緊地黏裹住我，密不透風的冷。我無聲地就著黎明的光檢視你。

光裸的你背對床尋找夜裡狂亂拉扯下來的衣褲，不急著穿上，打開一瓶罐裝藍山咖啡，點燃菸，煙霧繚繞裡撥一通電話，心虛所以瞄一眼熟睡的我，沒發現，我其實醒著。

其實你很早以前就看不見我了。

曾經你那麼專心地看著我，連看不見的時候也那麼專心。

相愛的初期我們被分隔在島的兩邊，你常在夜裡坐飛機來看我。

「閉上眼睛。」你在電話那邊說話。新租賃的宿舍不附家具，空空盪盪，空虛得可憐。

我索性坐在地板，點著你嫌臭的Marlboro Lights香菸。

「看見我了嗎？」你問。

「沒有。」我很寂寞老實的回答。

「我現在正在候機室裡抽菸，剛剛還幫兩個一百五十歲的雙胞胎老婆婆搬行李，她們要去羅浮宮參展，她們還誇我是個大好人。」

「是喔，還參展咧。」我笑著插話，「別掰得太誇張，我不能入戲。」

「好好好。」你繼續說：「我上飛機坐在靠窗的位置。雖然我怕高，可是我知道你對窗外的景色一定感興趣，所以我跟劃位小姐說我一定要窗邊。

「飛機唰一下攀升上空，嚇我一跳。鳥瞰的城市像發光的水田，一畝一畝，種稻種菜種樹種花，亮晃晃像夢。後來飛進雲裡，烏黑一片可是沒遇著亂流，偶爾我看見一道閃電劃在遙遠處，很美，沒有害怕的感覺。

「你來了嗎？來接機了嗎？」你熱切地詢問我。

「嗯……我……」我遲疑一下，開始模仿起你的想像力。

「我為了接你還畫了一張很大的海報，往前推往前推，硬是把一個來接孫子的老公公擠到後面去。我穿了件紅色的襯衫，所以應該滿顯眼的。」

「啊。」你驚叫，「我看見了。我看見你那個再高興都還是漠不關心的一號表情。快點，過來擁抱我。」

我在黑暗的房裡張開雙手，抱緊，電話那邊的你，暖暖地想流眼淚。

「你的身體好冷喔。」你說：「我摸著你冰涼的臉頰，你新剪的頭髮有點糟糕，但是沒關係，這樣你比較不會被別人把走……」

你告訴我，愛情是一種看見。你看見，對方也看見，然後無法移開，就是愛了。

你抽完菸，穿上褲子。走進廁所尿尿，打開水龍頭洗臉刷牙，撿起地上的衣服穿妥整齊。出門前回頭看了我一眼。你依舊沒有發現，我一直醒著。

「我厭倦你了。」

我坐起身，無神地咀嚼你留下的字句。

想著，如果我是醒著。如果你說這話的時候，我們正坐在曬得到日光的Café窗邊。你喝你的拿鐵，我喝我的焦糖瑪奇朵，你還會這麼殘酷嗎？

你會說什麼？

「你很好，可是我真的沒感覺了。」

「我還是愛你，可是我也愛另一個人。」

「留著美好的回憶不是很好嗎？」

「我看見的是別人，很抱歉誤認了你。」

你會說哪一句？

越不殘酷是不是越代表你的愛還存在著？

可是你挑選最殘忍的句子，往我靠來。

而我竟也沒有掙扎，任憑你拿著銳利的刀戳進我沒有防備的眼，刨挖出我一直看著你的純白眼珠，鮮紅的血液在臉上流散開，熱燙地代替了眼淚。

我只是驚訝，明明是你的離開，為什麼卻卸去我看見愛情的能力，從此盲瞎。

蠔

大約是自那幾顆蠔出現開始。

冬季基隆又漫無目的瘋狂下雨那幾日，陰沉灰雲冷冽襲捲而來，鋪天蓋地成唯一的風景。天空彷彿已然垂垂疲老，好緩慢好緩慢地移動，喘不上氣，風吹再狂也僅能顫啊抖的。

因為地理位置便利，新豐街上的房客大部分是海洋大學學生。期中考剛結束學生們都已出城玩樂，加上好容易才放晴沒幾天卻又開始的雨，讓這地方原本就慣常的安靜、寂寞，在充沛雨水裡更恣意增生，頹廢所有陽光曬過的精神奕奕。雨城昏沉難醒，花花茫茫得像座海市蜃樓。

「跟霧一樣的雨是因為海洋正在移動。」那男孩半開玩笑對我提過。那時我們還住在太陽整天溫暖照耀的南方，連雨水也暖洋洋的，落到地面轉瞬便乾燥消失，我也因此從沒將那些話放在心上。直到搬來總是有雨的基隆，所見所聞皆受水侵蝕，霉意潮腐，驀然想起男孩說的話。剛進城那陣子，起風時我總會不自覺抬頭觀察灰黯天空，以為或能窺見那海洋正祕密地，一點一點搬遷，在哪裡匯聚成形的模樣。

才進社區，管理室警衛喚我好幾聲，抱著鞋盒大小的保麗龍箱子來說是房東給的。兩個室友全不在家，我被連日熬夜讀書的睡意纏得難受，隨手放下箱子，脫掉溼透衣褲，躲進棉被裡便沉沉睡去。

明明疲憊得無力動彈，恍惚之間卻走回那場風景。

空間中遺失聲音也沒有色彩，光線亮起，黑白光影反差出四面厚實高牆。馬桶、浴缸、洗手台，一間狹仄明亮的浴室，我在裡頭。十六歲時交往的戀人也在，潔白的，第一志願高中的校服顯然極合適他，輪廓邊線暈開淺薄光芒，很是好看。

男孩臉色蒼白，朝我親暱地笑，一貫幽默風趣的樣子。我回應，想過去擁抱，身體卻感覺睏倦疲軟，像即將深睡前失去身體意志的淺薄清醒，不受控制。

眼睜睜我看著。男孩拿起鋒利短刀，笑容失去血色，卻好愉快。十六歲的他專注拿刀剖開自己的肚腹，一點兒血也沒流。使勁撐開傷口，男孩慢慢地拉，慢慢地，將柔軟腸子一截截，完完整整拉出來，放到水龍頭底下想洗個乾淨，搓呀搓，水壓不足，滴滴答答。

洗不乾淨，他一邊拭汗一邊急得哭起來。我試圖開口求男孩不要再洗了，卻只是一逕疲累沒法兒動作，睏得連眼淚都流不好，滴滴答答。

滴滴答答。

睜開眼才察覺是夢。房裡沒有一點光，外頭已經天黑。滴滴答答，我確定自己已經清醒，卻依然聽見水滴聲。隱隱地，類似於水面呼吸的氣泡聲。

摸黑來到客廳，發現聲音是自盒裡發出的。轉身開燈，按鍵卻沒有作用，大概停電了。我就著幾微夜光掀開蓋子，一陣海水腥鹹味撲來，裡頭好幾顆手掌般大小的蠔半浸著水。隨手撿起一顆，它們好像動了。沉甸甸的深黑色外殼，像海邊隨手挖來的石頭，表層長了薄薄的苔，既粗糙又溼滑的衝突觸覺。

晚點，室友撥來電話，報備已各自返老家度假。一聽見有生蠔，慎重交代要我善待這些男人滋補聖品，好生養著，等他們回來大快朵頤。

「怎麼養啊？」手上的蠔還滴著淡白色濃稠體液。

「我也不知道啊。你就每天去海邊撈點水來養牠們吧。」

隔天趁雨勢稍小，到海邊裝了幾瓶水，回到家還來不及換，小d便打電話來邀著夜裡去那廢鐵皮屋開趴。之前去過幾回，對著陌生人將自己剝得精光展現欲望原來不是什麼尷尬的事。封閉屋裡大麻煙霧跟著情色夜燈懸浮挑逗，像極了那片陽光烤過炙熱的南方海洋，男人們赤條條圍抱一塊兒親暱地拉K吞E，水母般在裡頭搖晃觸碰撫摸擁抱。隔著保險套（或性感膚色）的薄膜，在沸騰洋流裡好熱好熱地穿透誰、包含誰。再換下一個，下幾個，就誰也無關寂寞，誰都高潮快樂。那慾望氣味回想起來怎麼頗類似蠔的腥臭？

聽小d說我很受歡迎，因為自己不總是拒絕，正確來說，也許我根本喜歡那樣心花怒放誰都可以的歡愉。只是不久前才夢見到那男孩蒼白的臉色，無謂的罪惡感總提醒著：不是剛單純執著過真情而已嗎？如此誠心誠意喜歡過的人還未曾赤裸相對；怎麼一轉眼就只剩對白色內褲上Calvin Klein的性慾迷戀。

「再看看吧。」我不確定。

揀出那幾顆蠔，將水倒進碗裡，刷洗掉盒上沾附的霉斑，倒回一些原本的水，又將新裝的海水混進去，放回蠔。

一陣倦意睏乏，躺上床沒幾分鐘便不省人事。

夢裡，光影拼組成的房間讓水充滿，飄搖於水中我顯得輕鬆安然。光一波波自上頭撫摸下來。潛泳其中，我被舒服溶解，失去身體的邊緣與界限。低頭望進底下深處，竟有好些顆巨大的蠔正張開殼，靜靜獵取浮游於洋流間的微小生物。殼中潔白軟嫩的內裡，像一方柔細安穩的床，我想躺進去，躲離自己總顯疑惑的生活獲得安穩懷抱。

那時，男孩把第一志願高中的榜單藏起來，偷偷填報高職，於是我們相遇。類似故事大約都如同我們的一般平凡無奇，只不過當故事發生，裡頭人那心碎得要接近死亡的悲傷，該書寫成什麼字眼什麼哏，才能使睜眼看著的人不要那麼，那麼無情？

男孩父親發現榜單，也察覺我們兩個男生間的事，逼他休學重考。嚴密監控，隔絕男孩與所有人的聯繫。男孩鬧自殺的時候，我們已經失去聯繫大半年。聽說是憂鬱症，他切開身體，想洗乾淨所謂靈魂。這些消息都是經由我們共同朋友的口中得知。

急救後清醒過來的他託人傳話給我，「人沒有那麼容易死的，我們就好好活下去吧。」

自那天起，我懂我們有情的十六歲就算死了，擁有的僅剩偶爾夢裡，海市蜃樓間徘徊的他。我養成需要長時間睡眠的習慣，長得彷彿足夠讓男孩安居進夢裡，不再悲傷，也不必無情。

醒來時，天又已黑。

一腳踢開棉被，涼爽忽地沁上來，溼意滲進皮膚裡迅速飽滿，我的身體軟嫩充滿了水。起身時仍感覺潮溼厚重，髮梢彷彿也正滴著水。

電還沒來，冰箱的壓縮馬達沒有動作，好安靜，連窗外雨聲也聽不見。光與聲音消失的屋子真空得失去形狀只留空洞，我像個異物困在洞裡，不懂動作，也不會逃離。

屋裡蠔特有的腥羶氣味隱約。我輕觸牆壁，竟然發現牆上凝聚出單薄水膜，輕輕一刮水流蜿蜒而下。電視螢幕、鐵門、落地窗玻璃、電話，連瓦斯爐也溼浸浸點不了火。整層公寓溼意彌漫，彷彿被密度極淡的海水淹沒。

興味十足地我玩了一整晚，睏得等不到天亮。

有人自遠方朝我游來，全身赤裸，半長的髮在水裡搖動。我焦慮地想看清楚究竟是誰，來人卻一把就將我緊緊抱住。是他，一樣的微笑，光潔臉龐長出短鬚，腹上沒有刀痕。男孩不再十六歲，他長大了，跟我一樣。

男孩沉潛至蠔間，回過身向我親暱呼喚。

陸陸續續，每天我不停作著關於海水與男孩的夢。夜裡醒來幫蠔換過水，天亮前又深深入睡，夢見自己緩緩逐步下降。

公寓的海水密度越來越濃。我的呼吸淺淺溼溼，皮膚因水浸潤日趨膨脹。腳步好輕，我試著蹬腿，用蛙式往前，彷彿真的游過一小段客廳。

蠔殼一天一天越張越大，像夢裡那樣。

好溫柔的世界，藍色波浪光澤瀲灩，一束束光映下來流轉不歇，暖暖的，好安全。瑣碎透明的粒子懸浮水中，柔軟不著邊際。我被環抱於其中逐漸下沉，終於就要沉入最底之處，慢慢靠近這些綠苔淺淺妝點，墨黑色的蠔。

一枚蠔將殼打開，男孩坐在裡頭好開心地招呼我，散發類似用藥後迷茫的性感。輕輕一躍我落上柔軟白被，忍不住貪婪親吻。好快樂，那穿透與包含的高潮。當殼闔上暗夜來臨，不過一瞬間，幸福竟已如是永恆。

「嘿！我們回來了。」「好像不在。」「我的媽！怎麼牆壁上都是一團一團黑黑的？」「是霉斑，超噁心。你把窗戶打開來通個風。」

室友們的對話悶悶的，自遠處傳來。

「生蠔耶！快去拿刀子。」

「很補喔。」

忽然光線照入，夢被扳開。

「幹！怎麼臭掉了，好臭，死很久了吧？」

「你看，殼內面凸起亮晶晶的東西耶。是珍珠嗎？」

「白痴，這只是沾了生蠔太多口水的沙子。」

愛是我們的曾經

E不是我的初戀，卻是第一個也是唯一一個，在我老家床上，與我做愛的人。

父母睡了，我們各自洗過澡，安靜輕聲地攀上床，身體靠緊身體躺下。尚未相熟的淺薄尷尬跟著夏夜黑暗彌漫成一隻獸，悶悶伏在我們的身體。

我緊張兮兮移動手臂，像信號，讓E貼近胸前，低頭仔細親吻，好輕好輕，涼涼皮膚一下子便熱得蒸騰出汗水，老家的雙人床承載過我天真的童年、孤獨的青春，失眠夜、白日夢、性幻想，如今擁抱著我們做愛。

鎖上房間，躡手躡腳，好祕密地緊貼在一塊兒心跳，斷續、溫柔的聲音令人沉迷，失去說話能力，好用力地彼此喜歡著。

在自己所擁有，為數不多的戀愛關係中，其實幾乎不曾回想過，與E一起度過的時光。曾經不只一次杞人憂天地幻想過，假如某天再遇見A、遇見D，卻從來不是E。也許，因為潛意識中自己總偏執認定，我們不過是交友網頁裡不小心重疊的兩個檔案，沒有相同嗜好，不作同一個夢，甚至連生活，都是兩座不同城市。

他不懂我的詩；我跟不上他的熱情活力。加上分手時的沉默難堪，每次都阻止我回頭去想念在一起的日子。直到回老家過年，躺上那張床才又偷偷摸摸想起這些事。

現在想起E，才有點明白，能在各自不同的人生裡相遇過一段，愛，竟然是我與他曾經甜甜窩於床間，最珍貴的祕密。

很多人很多事都見證過我們曾經擁抱、相愛：一座電梯、幾位好友、長途火車、雞肉串燒、台灣啤酒，藍天白雲、夏夜涼風，以及老家的床。

那時，好友對剛分手不久的我說：「我以為E是最合適你的人。」

原來是這樣嗎？我們那段密密磨合，努力跨越差距、適應彼此的時間，在其他人的眼裡，居然是非常美好的模樣。怎麼，我卻偏執堅持在分開後毀棄一切痕跡？

當我走過憤怒、悲傷、怨怪以後的如今，忽然有了這點或多或少的領悟。

原來，愛是我們的曾經，神奇、美好，卻又理所當然地被當時的我們歡樂揮霍，讓我們在往後的日子裡，回過頭看，還有美麗風景，像一張寫滿滿的，黃掉了的舊明信片，在如此健忘的生活態度中，安靜地，慎重地保留下來。

謝謝，關於我們的曾經。

如果不算太遲，我願意這樣回憶回憶。

可是美麗的人死掉了

然後，失去所有聲音，幾近滅絕的空虛，變成一種看得見的流動，湧進緊閉，密不透風的狂歡裡來，填滿一切。

黃色的白色的紅色的藍色的燈束輪替照射，明亮舞台睜不開眼睛注視，電吉他劃過，兩道冷冽閃電割裂開盲目熱情的圍困。

於是，鬼都醒過來了。

從緊閉雙眼狂亂搖動的身體，從伸向舞台貪婪索取的雙手，從跳躍尖叫怒吼哭泣，從緋緊欲斷的神經，脫去禁錮，解放狂奔而出的鬼，擠滿於無邊之中。

一次次，帶著生吞活剝的渴，衝向舞台，又一次次，被震耳欲聾的狂烈搖滾無情鞭回黑暗。

樂團主唱毫無表情，心灰意冷地唱起一首關於怪胎的歌。

一首傷心，憤世嫉俗，卻又柔情得安靜守住絕望，轉身背對奇蹟的歌。

「Run，run，run，run……」全場的人聲嘶力竭跟著一起叫喊，瘋狂了，跳動失去界限，震撼整個表演空間。

下個瞬時，忽然失去所有聲音，宇宙寂靜成一個空洞，擁擠狂亂的人浪裡，我停下來，有人貼緊我的耳朵說話，寒冷聲線凍進腦神經中發痛，清清楚楚，「到底要有多絕望，才能失去感覺？」

盛開的瘋狂頓時荒蕪，我從演唱會中醒來，失去頭緒。

搭機回到台灣，已經是另一個天黑。

這兩天來第一次面對鏡子前的自己，在航空站裡的廁所。

亮晃晃空無一人的廁所，我卸下高出自己一顆頭的登山背包，汗漬在T-shirt上滲出兩道背痕，米黃色的，原本的純白汗衫不知道什麼時候被洗染了顏色。我盯住鏡內的映像，頭髮雜亂，無神的眼睛一大一小，嘴唇斜歪一邊，腫脹，泛出油光的臉頰。

手術過後，一道由鬢角一路劃到下巴的疤痕，貼著一小片一小片美容膠帶，從臉頰邊緣連上耳際，好些都已經捲曲，或是剝落，一失神還以為自己的耳朵縫合不牢正搖搖欲墜。

傷口仍舊隱隱約約地痛。

「Hello。」我問候他，醜陋、陌生，極其嫌惡的那種招呼。

洗手台上匯聚的水灘沿著陶磁邊緣，一串一串滴落在發黑球鞋上，溼意冰涼。

我見過一個美麗的男孩。

他是我的朋友。

我拿起餐廳紙巾低頭擦拭剛剛水杯翻倒時沾溼的褲子跟鞋，男孩正在講電話，餐廳裡收訊不怎麼穩定，但並不妨礙他興高采烈的表情。

我安靜等待電話結束。

男孩笑起來眼睛彎成兩條優雅弧線，大剌剌的笑意露出一排整齊潔白的牙。他的臉自然漂亮得像是雜誌裡的無瑕照片，修片到過於完美卻不自覺。每一個側臉、抬頭、皺眉、打噴嚏、呵欠，都如同紙上的洋娃娃一般精準好看，一點兒也不切實際。

可是男孩不是紙娃娃，他活生生的，懂得挑好看的衣服，選擇半糖伯爵奶茶，籃下運球、挑籃的身手很俐落，對於生活有自己一套理論，畫出來的圖充滿熱血才情，聽Radiohead、Travis的人文搖滾會掉眼淚，他，活生生的。

我們兩個人出來聚餐，慶祝男孩談戀愛。

「他超奇怪的！」男孩微笑就發出光來，讓人無法逼視，「老是偷親我，卻又不明說是什麼關係。」

我被純粹光芒照出自身的猥瑣，心慌意亂，卻無處可逃。

「好多人都喜歡雙眼皮的人。」男孩眯起左眼撥了撥眼皮，問：「喂，你覺得我應該去割嗎？」

男孩顯露擔憂的臉，讓人心軟懦弱地願意放棄一切，不過，他對自己的好看視而不見，無動於衷。

我再度背上沉重背包，走出機場。

空氣裡含混黏稠的悶熱溼意，雨剛剛停，夏日晚風吹得百無聊賴，我頭昏腦脹地站在路邊顫抖，熱燙感覺從神經傳遞開，燒上皮膚，拖了好幾天的感冒在這一刻終於突破防線，千軍萬馬攻垮意志。

意識逐漸不清，我急忙招了計程車，驅車回家，半醒半昏。

後來想起男孩，都是一些瑣碎的塊狀的片段，像那張畫。

睜開眼睛，四周白花花霧成一片，耀眼日光充滿酒精氣味的涼意，身體沉重癱躺，因為什麼事動彈不得，竟驀然想不起來。

男孩坐在我床邊的訪客椅上，專心地畫，沒有發現我已經醒過來。筆觸刷在紙上，沙沙作響，我看著，像某種虔誠深重的注視，沿著光線邊緣信仰這一刻以為時光停止，既美好又自慚形穢的全部感觸。

我想起來為什麼自己在醫院裡頭。

為了一張正常的臉。

我讓醫生掀開自己的臉頰，從大腿取下一塊肌肉填上，鮮紅淋漓地連接血管、神經，調整左右頰高度，嘴唇的平均，縫正眼睛大小，改善自己從小因為臉部神經末梢問題，而無法自由控制，像中風一樣歪掉，奇怪的臉。

只能改善，而非解決。

男孩把畫從筆記本上撕下來給我，很愉快的樣子，「哇，真羨慕你，就快要變帥了喔，不過現在腫得跟豬頭一樣。」

畫上是一個個大小不一，用黑色蠟筆描邊的空心方格，平面的，立體的，紛亂散落紙上。

「等你經過這些痛，得到一張你想要的臉，我再幫你塗上顏色。」男孩說這些話的時候，帶點兒我不懂的哲學意味。

我總是無可救藥看著自己的缺憾。

美麗男孩有一張美麗絕倫的臉，作為值得被愛，幸福人生的證明。我卻只想要安於殘酷現狀的無感，抵抗總是自憐害怕，停滯不前的自己。

別過頭，胃裡翻起麻醉藥的排斥感，一陣噁心。

我急忙付完車錢，蹲在路燈下的水溝蓋旁嘔吐，胃酸、唾液、眼淚、記憶，一團昏黃發臭的混亂，全身發燙。

走進公寓，我靠著電梯裡的光潔鏡面，日光燈刺眼。

類似飄浮般的虛弱移動，鑰匙敲擊，打開門，月光隱隱，流動在客廳地板的磁磚上。

就著黑暗，我在門邊卸下行李，搖搖晃晃，翻出抽屜裡的感冒藥吞下，搖搖晃晃，在廚房煮一壺水，拆開一碗泡麵，搖搖晃晃，走回客廳，將手機插上插頭充電，搖搖晃晃，躺進冰涼月光裡。

男孩在對講機那頭說話，語氣哽咽，我開門，牽他進來。

「借我靠一下好嗎？」剃光頭的男孩將我抱得很緊，試圖抓住飄搖世界唯一不動的存在那般，緊張擁抱。

恐慌症發作的男孩，吃了藥，卻頓時發覺整個世界就要崩塌傾毀。他焦慮難解看著自我放棄的可怖，呼吸困難無從得救。

眼淚不要他，傷心欲絕不要他，情歌不要他，時間不要他，笑不要他，頭髮不要他，美麗不要他，孤單不要他，感覺不要他，藥不要他，自卑不要他，手淫不要他，心不要他，身體不要他。

所有存在的，都不需要他。

我找到男孩按圖索驥的規則，原來只是天真的，他愛的人不肯回應他的愛，這就是他一一被別的東西放棄的原因。

我抱著他，直到男孩的失眠傳染給我自己，直到月光熄滅，太陽暫時驅離絕望的鬼。

醒來時，男孩盤腿坐在窗邊的椅子上畫畫，我走得更近，他正在幫那張滿是方格的畫塗色。鮮紅色、墨綠色、天藍色、亮橘色、深紫色，活潑方格跳動在午後溫暖光線裡。

光總是跟男孩在一起。

「你的臉怎麼還是那麼腫，看起來好奇怪。」男孩抬頭問我：「什麼時候才會好？」

「醫生說，好歹也要大半年吧。」我雲淡風輕地回答，不怎麼確定。

離開地板走進廚房，我把水倒進泡麵碗裡，闔上，端回到月光底下，心無旁騖專注吃將起來。

吃完麵，甚至還喝光了一整碗湯，感覺藥效在身體裡環過一圈，全身肌肉與神經軟軟鬆鬆使不上力氣，夜風低淺飄動，殘破身體懸浮，失去依存。

「你還活著，可是美麗的人死了。」發熱腦子如此反覆叨絮，我控制不住，在無邊無際的黑暗空間中，放聲大哭。

男孩的告別式在早上八點開始。

來不及睡到什麼覺，我頭昏眼花倉卒洗完澡，刮了鬍鬚也整理好頭髮，白襯衫黑色領帶，還不定心情，將昨夜的泡麵空碗丟進垃圾桶。

急忙下樓，坐進朋友車裡，一行人正交換著對男孩的記憶。

「自殺是不是不能投胎？」「唉唷，他怎麼那麼傻，又不是沒人愛。」「聽說他為那個人欠了很多錢。」「他就瘋子一個，你們看過他的畫吧！都不知道在畫什麼。」「喂，我跟你們說，我最近在網路上遇到一個長得很好看的人。」「真的嗎？」「快說，快說。」……

我戴起耳機，播放音樂。

搖滾樂團唱起一首關於醜陋怪胎的歌，格格不入的一個人在世界上活著，想望著，最後失落，放棄，絕望。

男孩一直很喜歡這首歌，一首沒有辦法被拯救的歌，我聽著，卻好像因此獲得救贖，找到了意義。

「你去哪裡啦？」「我去日本，幫你聽了你最愛樂團的演唱會。」「喔，好好喔。他們有唱那首歌嗎？」「嗯。有，很震撼。」

「那麼你知道了嗎？」車窗上一排六角形的光暈，男孩聲音貼近我的耳朵問：「到底要有多絕望，才能失去感覺？」

「到『底』吧。」我輕聲回答。

光，總是跟鬼在一起，原來如此。

寫信給我

親愛的郭正偉：

欸，你還寫詩嗎？郭正偉。

最近我寫了好多詩，大概因為既失戀又封閉的關係。SARS是灰色慘白，暴湧的海洋，彷彿自己才剛睡過一場夢，起來，原本乾涸、無聊的世界轉瞬便已深深淹沒，活著的人載浮載沉，變成哀傷卑微的孤島漂流，誰都拯救不了誰。

疾病漫灑，城裡拉開一條長長的，隱形的線，所有情感、珍惜、付出被魯莽地從中分離開來。小孩們下課回不了家，丈夫為樓台上的妻子懸線運輸三餐，醫師、護士離開親愛的家人守護其他生命……。感染SARS的脆弱病患被嚴密隔離，而健康的，活著的我們卻如此軟弱、無助，在風吹草動裡恐懼難安。

孤獨的島嶼零碎散落於沒有盡頭的海洋，白花花的日光下，只剩自己呼吸的回聲跟著海浪被拍打上岸，忽隱忽顯。會不會，就這樣，是末日了？

我們也被隔離了。一位弟兄剛收假回營就發了病，連夜送醫就診後，總隊立刻下達哨所隔離、全員停止休假的命令。夜裡撥了電話跟家人報過平安，聽見媽媽擔憂的聲線，才驀然湧起命懸一線的驚慌。

本來以為，自己其實已經不太在乎什麼事了，這相似的感觸卻將我帶回那一方小房間。

我注意到社工小姐白皙手背上的紅斑，玫瑰顏色一小塊一小塊。她既熟練也小心翼翼向我介紹即將使用的檢驗器材。

「緊張嗎？」她微笑。

「嗯。」我直盯住桌上的醫療箱，有些模糊恍惚，「超緊張。」

社服機構「愛之希望」默默坐落於城的角落，帶點兒遺世孤立的倔強。匿名的人們躡手躡腳走進屋裡，緊張兮兮檢測自己是否患上愛的絕症——後天免疫缺乏症候群，AIDS。沉默屋裡應該還有其他人，不過他們很細心地將人們各自獨立於小房間裡，由頭至尾，只有社工小姐與我的隱私對談，匿名的對話，卻反而真實得嚇人。

「不要緊張，不會有事。」她開始消毒所有器具，拿出全新的針頭，「空窗期一定要超過三個月，才能確認準確率。當病毒侵入，我們的身體會自動出現保護機制來抵抗，三個月的時間，讓我們的身體覺醒。」

「進行中，我們隨時可以喊停。」社工小姐的口氣好溫柔。

我使用的是一種簡便型試紙，在指尖取一滴血，滴上試紙，加過作用劑，然後開始十五分鐘的等待。這過程讓命運短促得措手不及，關於愛的記憶卻又漫長得無法一次釐清。

「那麼，現在你要自己看著它作用，出現結果；還是我幫你拿到另個房間，作用完再拿出來？」

「我想看。」

我想起那些人——用藥後連身體都不知去向的戀人，我曾愛著；充滿音樂才華卻無法控制情感慾望的戀人，我曾愛著；像猴子般跑來晃去，不喜歡保險套觸感的戀人，我曾愛著……，他們也會，或曾經，如同我這般對身體裡那一齣驚悚劇虔誠得顫抖嗎？

如果說AIDS是一種詛咒，那究竟該愛誰，才不會被限在困頓裡受苦？明明已經深刻愛著與被愛，在那瞬間誠實溫暖過彼此身體與靈魂的他、她，或是我們，又為什麼該被詛咒？在這些模糊思考背後我疑惑難解。

令人緊張的是，才恍然大悟，我們所身在的青春年華，其實只要輕輕跌落就將破碎滿地，像光底下閃耀晶瑩光芒的透明玻璃杯，孤獨地並排在一起，相互欣賞彼此敲擊、搖晃的美麗與毀滅。

檢驗報告呈現陰性。以為這是我送給現任戀人最好的禮物，只可惜，在自己還來不及解釋與他相處所感受到的喜歡、珍惜、眷戀之時，我們竟就倉皇分手。他害怕我對這段關係太過於認真了，快樂畢竟比安定重要。

靠海哨所的頂樓瞭望台，日出時會有淺白色的光斜斜鋪進來，天窗上圓圓的光暈類似剛哭完的視線模糊。決定分手那天的風景，好像也是這樣子。

天花板挑高的車站，抬頭看，一塊塊透明窗格將遙遠藍天切開來，陽光於上頭徘徊，太遠了，溫暖曬不進來。我目送他走開，最後一次分別。太寂靜緩慢了。明明身邊皆是人群走動，小孩自遠處奔跑過來，車子即將離站，卻什麼聲音也聽不見。還聞得到他脖子上發熱的氣味。僅剩下氣味了，越離越遠的背影。

我戴上耳機，低頭找一首熱鬧的歌，一別開眼，他也就如此簡單地告別了我的現在，與可能的以後。

欸，你還寫詩嗎？對於可能的毀滅，與已然完成的結束，你會試著用什麼文字解釋它們？我竟找不到合適的開頭。

那個不寫作業、老師討厭、同學排擠的男孩，不是才正在課桌椅邊，很專心一個字一個字寫自以為是的詩而已嗎？以為不可能有人愛他，世界只是漫無目的塗成一團的黑，以不著邊際，寂寞的顏料，覆蓋了所有一切。

男孩寫，「他將世界撕下來／揉成一團／放進行李箱／然後坐下，在箱上／再沒有了」。

孤單的他當然還不會知道，稍長以後，就將幸運地面臨愛與被愛，擁抱與離棄，喜悅與悲傷，然後懂得一個人根本不算寂寞；寂寞的是，這些美好相知、纏繞會因為肆虐的疾病而毀滅；會因為誰的更貪心一點，而加速告終。

那個男孩長大成現在的我，而當我又帶著現在自己所懂的這些道理，走到你那邊時，會有什麼更完整的見解，或推翻嗎？

親愛的郭正偉，我正被失戀困著，而現在，整座城市甚至整個世界，也被頑固難治的SARS圍困。一路移動的情節至此倏忽停頓，彷彿海潮湧起淹沒地球，我們沉進深海，失去感知，類似末日。

你呢？你現在好嗎？

寫信給我好嗎?削好一枝鉛筆，沙沙沙沙，在隨手撕下的筆記紙上寫字，透露一些關於未來的樣子，貼上郵票，在哪一天神祕地寄來我的信箱。

如果你還寫詩，請建議我一些字眼，關於如何在這個末日般的結尾，呼應詩可能有的開頭。

祝好。

郭正偉，於SARS肆虐的時刻

【後記】

大霹靂後的敘事詩

《可是美麗的人（都）死掉了》的書名，主要來自收錄於其中的一篇文章〈可是美麗的人死掉了〉。這是一本關於「壞掉」的書。

小學時，我很喜歡看《聖鬥士星矢》這套漫畫，喜歡看主角們輸得半死不活拖上好幾集，然後一句「燃燒吧！小宇宙」，就聲勢浩大地打垮一個又一個後繼無力的壞人們。

我一直以為，只要抱持一個堅定的信念，不管生活再難捱、痛苦，都不會在忙碌的世界裡迷失，遺落對生存的感覺，或明辨自己的能力。事情好像沒有那麼簡單。焦慮不安的時候失去勇氣的時候生活困窘的時候沒錢吃下一餐的時候，「燃燒吧！小宇宙」，並沒能夠引領自己打敗這些難關，我趴倒在冰冷的地面上，竟然漸漸覺得，這樣也好。

原來，我才是那個，後繼無力的人。

迷走在生活的窘迫裡，其實更多是對自我的懷疑。好長一段時間，我沒有做任何想做的事。我停止寫作、停止閱讀、停止感想、停止觀察、停止工作，什麼也沒有做，因為壓根不明白，自己究竟能做些什麼。

安靜的房間裡，跟生活的總和相處，焦慮失眠，卻又沉沉地睡，再醒來迎接新的不安。像緊拉著一條細線，整個世界就只剩下這條線連接我，岌岌可危。

接下一個影片企劃案餬口的我，在收集的資料上讀見原住民藝術家——雷恩，他說自己還在找一個可以深刻描繪內心的創作形態。這段話鮮明地在我心裡發酵。我決定去找他，親眼看看他的創作跟熱情。

「為什麼你覺得去找他，需要一種儀式呢？」為了看清楚生活，從埔里走路到日月潭的朋友問我，在我決定從高雄騎單車到山地門找雷恩的時候。

「騎單車不是一種儀式吧。重點其實只是想了解我自己。」我也想睜開眼睛看清楚自己所做的。

我是一個很容易感到自卑的人，因為右臉先天性顏面神經末梢痲痺，在面對城市、面對裡頭的男男女女，面對想要愛的人、想愛我的人，還有更多其他不定的時候，常常是個自卑、自憐的躲藏者。書寫並沒有因此成為自己的救贖，或是讓我發光；相反的，在每一次寫下感想的過程裡，都是滿滿挫敗不安的憂鬱，甚至不懂寫下這些字的意義。

我在平安夜那天完成旅程，真實看見雷恩的創作，與他說了話。一路上，我也與自己對話。

天文物理上，關於宇宙的開端，是一切都不存在的什麼，連時間都失去意義。直到有一天的哪一刻，大霹靂綻放花開一般的世界，塵埃落定後化成宇宙，一粒小灰塵是一座星球，一次爆炸成為一顆星星，我們把它們放進生活裡，感想。

喔，原來不是「燃燒吧！小宇宙」的問題，宇宙早已經爆炸燃燒，而那件重要的事，是注視這些飄浮的光體，誠實感想，不管是堅強、快樂，或懦弱、狼狽，都是自己。

《可是美麗的人（都）死掉了》大約收集了好幾年來自己寫下的生活。直到現在回頭去看，才好像隱約懂得一點點什麼事。朋友說這些字，大概表達城市變幻的美麗裡，想尋找的一點點沉溺的光暈。縱使仍不斷重複疑惑著，這些字卻都以我最想要的方式，寫出自己想說的話，至少我是這麼寫著。

這本書「壞掉」了，因此閱讀時不可能拯救任何人脫離於當下任何辛苦與悲傷；我只是想透過這些字說：「嘿，我們都『壞掉』了，沒關係，在修好之前，還能一起作伴。」

寫信給我

親愛的你：

有關我的生活以及曾經遇見過的故事，現在說完了。你呢？對於存在所感受到美好與壞掉，想說些什麼？

讓我們彼此交換好嗎？像祕密團體一塊兒集體行動的陪伴，交換彼此對生活的感受。

請用掌心的溫度握筆唰唰唰地寫上一些字句，寄到我這兒來；如果願意，請順便在你生活的所在，找一片樹葉，像驢耳朵國王的那棵大樹，鮮綠的、枯黃的、紙裁的……，將葉子夾進來，把信摺好黏妥，寄回來給我。

請寫信給我，讓我也能夠有機會回一封信給你。一起期待看見可能有的不同風景。

祝好

正偉

活動辦法

當你寫信給郭正偉，你可以隨信附上一片樹葉，我們會將信轉達。來信請寄：110台北市信義區基隆路一段180號8F，寶瓶文化。

國家圖書館預行編目資料

可是美麗的人（都）死掉了／郭正偉著. --初版. --臺北市:寶瓶文化, 2010. 10
面； 公分. --(island；127)
ISBN 978-986-6249-24-2（平裝）

855 99016071

island 127

可是美麗的人（都）死掉了

作者／郭正偉

發行人／張寶琴
社長兼總編輯／朱亞君
主編／張純玲・簡伊玲
編輯／施怡年
美術主編／林慧雯
校對／張純玲・陳佩伶・余素維・郭正偉
企劃副理／蘇靜玲
業務經理／盧金城
財務主任／歐素琪　業務助理／林裕翔
出版者／寶瓶文化事業有限公司
地址／台北市110信義區基隆路一段180號8樓
電話／(02)27494988　傳真／(02)27495072
郵政劃撥／19446403　寶瓶文化事業有限公司
印刷廠／世和印製企業有限公司
總經銷／大和書報圖書股份有限公司　電話／(02)89902588
地址／台北縣五股工業區五工五路2號　傳真／(02)22997900
E-mail／aquarius@udngroup.com

法律顧問／理律法律事務所陳長文律師、蔣大中律師
如有破損或裝訂錯誤，請寄回本公司更換
著作完成日期／二〇一〇年七月
初版一刷日期／二〇一〇年十月
初版二刷日期／二〇一〇年十月一日
ISBN／978-986-6249-24-2
定價／二七〇元

AQUARIUS 寶瓶 文化事業

愛書人卡

感謝您熱心的為我們填寫，
對您的意見，我們會認真的加以參考，
希望寶瓶文化推出的每一本書，都能得到您的肯定與永遠的支持。

系列：Island127　**書名：可是美麗的人（都）死掉了**

1. 姓名：＿＿＿＿＿＿＿＿　性別：□男　□女
2. 生日：＿＿年＿＿月＿＿日
3. 教育程度：□大學以上　□大學　□專科　□高中、高職　□高中職以下
4. 職業：＿＿＿＿＿＿＿
5. 聯絡地址：＿＿＿＿＿＿＿＿＿＿＿＿＿＿＿＿＿＿＿

   聯絡電話：＿＿＿＿＿＿＿＿　手機：＿＿＿＿＿＿＿＿
6. E-mail信箱：＿＿＿＿＿＿＿＿＿＿＿＿＿＿

   □同意　□不同意　免費獲得寶瓶文化叢書訊息
7. 購買日期：＿＿年＿＿月＿＿日
8. 您得知本書的管道：□報紙／雜誌　□電視／電台　□親友介紹　□逛書店　□網路

   □傳單／海報　□廣告　□其他
9. 您在哪裡買到本書：□書店，店名＿＿＿＿＿　□劃撥　□現場活動　□贈書

   □網路購書，網站名稱：＿＿＿＿＿＿　□其他＿＿＿＿＿
10. 對本書的建議：（請填代號　1. 滿意　2. 尚可　3. 再改進，請提供意見）

    內容：＿＿＿＿＿＿＿＿＿＿

    封面：＿＿＿＿＿＿＿＿＿＿

    編排：＿＿＿＿＿＿＿＿＿＿

    其他：＿＿＿＿＿＿＿＿＿＿

    綜合意見：＿＿＿＿＿＿＿＿＿＿＿＿＿＿＿＿＿＿＿＿
11. 希望我們未來出版哪一類的書籍：＿＿＿＿＿＿＿＿＿＿＿＿＿＿

讓文字與書寫的聲音大鳴大放

寶瓶文化事業有限公司

（請沿此虛線剪下）

廣　告　回　函
北區郵政管理局登記
證北台字15345號
免貼郵票

寶瓶文化事業有限公司　收

110台北市信義區基隆路一段180號8樓

8F,180 KEELUNG RD.,SEC.1,

TAIPEI.(110)TAIWAN R.O.C.

（請沿虛線對折後寄回，謝謝）